WAGNER
Tristan
und
Isolde

ワーグナー
トリスタンとイゾルデ

高辻知義=訳

音楽之友社

本シリーズは，従来のオペラ対訳とは異なり，原テキストを数行単位でブロック分けし，その下に日本語を充てる組み方を採用しています。原則として原文と訳文は行ごとに対応していますが，日本語の自然な語順から，ブロックのなかで倒置されている場合もあります。また，ブロックの分け方は，実際にオペラを聴きながら原文と訳文を同時に追うことが可能な行数を目安にしており，それによって構文上，若干問題が生じている場合もありますが，読みやすさを優先した結果ですので，ご了承ください。

目次

あらすじ 5

『トリスタンとイゾルデ』対訳

第1幕 Erster Aufzug …………………………………………9
第1場 Erste Szene ………………………………………10
Westwärts schweift der Blick（Stimme eines jungen Seemanns）
第2場 Zweite Szene ………………………………………15
Frisch weht der Wind der Heimat zu（Stimme eines jungen Seemanns）
第3場 Dritte Szene ………………………………………24
Weh', ach wehe! Dies zu dulden!（Brangäne）

タントリスの歌「一艘のみすぼらしい小舟が Von Einem Kahn」
（Isolde）………………………………………………26
第4場 Vierte Szene ………………………………………37
Auf! Auf! Ihr Frauen（Kurwenal）
第5場 Fünfte Szene ………………………………………43
Begehrt, Herrin, was Ihr wünscht.（Tristan）

第2幕 Zweiter Aufzug …………………………………………63
第1場 Erste Szene ………………………………………64
Hörst du sie noch?（Isolde）
第2場 Zweite Szene ………………………………………73
Isolde! Geliebte!（Tristan）

愛の二重唱「降りて来い、愛の夜よ Oh sink' hernieder Nacht der Liebe」（Tristan, Isolde）………………………………88

ブランゲーネの見張りの歌「ただ一人、夜の闇の中で見張りする私 Einsam wachend in der Nacht」（Brangäne）……………91

第3場 **Dritte Szene** ……………………………………………101
 Rette dich Tristan!（Kurwenal）
 マルケ王の嘆き「本当にそうしてくれたのか？ Tatest du's wirklich?」
 （Marke）……………………………………………………………102

第3幕 Dritter Aufzug …………………………………………113
第1場 **Erste Szene** ………………………………………………114
 Kurwenal! He!（Hirt）
 トリスタンの夢語り「その船にはイゾルデが乗っている Und drauf Isolde」（Tristan）……………………………………………135
第2場 **Zweite Szene** ……………………………………………141
 O diese Sonne!（Tristan）
第3場 **Dritte Szene** ……………………………………………146
 Kurwenal! Hör'! Ein zweites Schiff.（Hirt）
 イゾルデの愛の死「穏やかに、静かに Mild und leise」（Isolde）……153

訳者あとがき　157

あらすじ

前史

　英仏海峡を隔ててイギリス南部のコーンウォルと向かい合う北フランスのブルターニュにある，先祖代々の居城カレオールでトリスタンは生まれた。コーンウォルの王マルケの弟であり，彼に部下として仕える父はトリスタンを妻の胎内に残して出陣し，戦死した。母もトリスタンを産んで死んだ。孤児となったトリスタンは後見人の手で優れた騎士に育った。しかし，カレオールの環境にその才幹を発揮する場はなく，憂悶を募らせていたトリスタンがある日，突然決心する。居城を領民の手にゆだね，忠実な従者のクルヴェナルを一人連れて彼はマルケの宮廷に赴いた。優れた治世を敷くマルケの宮廷の誰もがトリスタンを歓迎し，やがて彼は彩り豊かな宮廷生活の真っただ中に満足を見出した。ただ，老いたマルケ一人は妻も子を残さずに先立ったため，憂いを抱いていたが，見事に成長した甥のトリスタンに後を継がせることを考えた。

　コーンウォルはかつて北のアイルランドに征服されたことがあり，それ以来貢納の義務を負っていた。しかし，国力の充実を自覚したコーンウォルは貢納の停止を通告した。アイルランドの女王は医薬と呪術に詳しいことで名が知られていたが，この通告に怒り，娘のイゾルデの婚約者で豪勇のモーロルトを貢納の取り立てのためにコーンウォルへ派遣した。トリスタンはこれを迎え撃つために出陣し，二人はとある小島で決闘する。トリスタンは，女王が毒を塗っておいたモーロルトの剣に傷つきながら，相手を倒し，貢納を打ち切る印としてその首をアイルランドに送った。女王はこの侮辱を甘んじて受けるほかなかったが，イゾルデは許婚者の首を前にして復讐を誓った。

　トリスタンは受けた傷の毒に苦しみ，その解毒剤のある筈のアイルランドに，名をタントリスと偽って密航する。それとは知らず，病み衰えた姿に同情を抱いたイゾルデと侍女のブランゲーネが彼をかくまう。しかし，トリスタンの剣にあった刃こぼれから彼をモーロルト殺しの下手人と見破ったイゾルデは復讐の剣を振りかぶるが，その瞬間，トリスタンと眼が合い，愛を感じて剣を下ろしてしまう。彼女は彼の傷を治療し，婚約者への思いとの相克に悩みつつコーンウォルへ帰らせる。

　イゾルデの内面の苦しみには気づかぬまま帰国したトリスタンは，折から戦勝に意気上がる臣下たちから再婚を迫られているマルケに，アイルランドの王女イゾルデが妃として相応しいと勧め，彼女を迎えに旅立とうと提言する。そこにはイゾルデに再び会えるという無意識の願望とともに，彼女を叔父の妃としてもはや手の届かない存在にしてしまおうという計算もあったのだろう。イゾルデは再来したトリスタンの裏切りに驚くが，否応はなく彼の船に乗り，マルケのもとへ連れて行かれる。

第1幕

　トリスタンが舵をとり，イゾルデをコーンウォルに連れ帰る船の甲板。侍女ブランゲーネにかしずかれたイゾルデが，かつては見下していたコーンウォルの老いた王の

もとに嫁がねばならない身の上と一族の不甲斐なさを嘆き，トリスタンの裏切りを怒っている。謝罪を求めるために侍女を行かせて呼び寄せようとするが，トリスタンは言を左右にして従わず，従者のクルヴェナルは侍女をからかう始末。イゾルデのきつい言葉にトリスタンがついに応じて姿を見せると，彼女はモーロルト殺しの償いのため，和解の盃を干すことを求める。それが毒盃であると知りながら，トリスタンが飲み干そうとすると，イゾルデはその半分を奪って飲む。死の訪れを覚悟した二人は死なず，激しい恋に落ちるが，それはブランゲーネが機転で毒薬を媚薬にすりかえておいたため。折しも船はコーンウォルに到着し，呆然としている二人に，出迎えのマルケの船が近づくところで幕。

第2幕

マルケ王の妃となったイゾルデは人目を盗んでトリスタンと逢引を重ねる。突然，宮廷が夜の狩を催すことが決まって，これを好機と，イゾルデはトリスタンを館の庭に呼び寄せる。たまゆらの逢瀬に，愛の言葉がうわ言のように飛び交い，互いに昼という社会秩序に縛られていたことへの嘆きも発される。夜の狩が二人を陥れる罠だと感づいたブランゲーネが再三警告を発するが，互いの愛情をぶつけ合っている二人には通じない。トリスタンの従者クルヴェナルが危急を知らせた次の瞬間，マルケが密告者メーロトに導かれて廷臣たちと登場し，密会の現場をおさえる。トリスタンは平然とイゾルデに，日常のしがらみを脱した夜の国に行こうと誘いをかけ，裏切り者メーロトを挑発したうえで，彼の刃に自らとびこんで傷つき，倒れる。

第3幕

刃の毒に再び侵されたトリスタンは，コーンウォルの対岸のカレオールの領地に戻って，クルヴェナルの看病を受けているが，経過ははかばかしくない。ようやく意識が戻ったトリスタンの耳に聞こえたのは，羊飼いの奏する，トリスタン(「悲しい男」)の名を象徴するような「悲しい調べ」。故郷に連れ戻された次第を従者から聞かされ，さらに，トリスタンを治療するため，イゾルデがマルケのもとを抜け出して訪れると知って，トリスタンはイゾルデへの恋慕の情を募らせる。イゾルデの船の近づく知らせに有頂天になったトリスタンは傷口の包帯を引き裂き，血を滴らせて弱っていく。ようやくイゾルデが着いてトリスタンをかき抱いたとき，ついに彼は絶命し，夜の国へ先立つ。侍女から，二人の恋が媚薬によるやむを得ないものだったと知らされたマルケが，彼らを赦すため，次の船で到着したとき，すでに俗世のしがらみを脱した者の清浄な気配をただよわせていたイゾルデは，先立ったトリスタンが宇宙と合一する喜ばしい姿を歌い，自らの気力によって「愛の死」をとげる。彼女の体がブランゲーネに抱かれたまま，柔らかにトリスタンの亡骸の上に沈むと，まわりに立つ者たちを感動とこの世ならぬ思いが包み，マルケが死者たちに祝福を与えるうち，ゆっくりと幕が下りる。

トリスタンとイゾルデ
Tristan und Isolde

3幕のハンドゥルング（劇詩）

音楽＝リヒャルト・ワーグナー　Richard Wagner

台本＝リヒャルト・ワーグナー　Richard Wagner

初演＝1865年6月10日，バイエルン宮廷歌劇場

リブレット＝総譜のテキストに基づく

登場人物および舞台設定

イゾルデ Isolde（アイルランド国の王女）……………………………ソプラノ
トリスタン Tristan（コーンウォルの騎士。マルケ王の甥）……テノール
マルケ王 König Marke（コーンウォル国王）………………………バス
ブランゲーネ Brangäne（イゾルデの侍女）……………メッゾ・ソプラノ
クルヴェナル Kurwenal（トリスタンの従僕）…………………バリトン
メーロト Melot（マルケ王の臣）………………………テノール／バリトン
羊飼い Hirt ……………………………………………………………テノール
舵取り Steuermann ……………………………………………………バリトン
若い水夫 Junger Seemann ……………………………………………テノール
船員たち，騎士たち

第1幕　アイルランド国からコーンウォル国へ向かって航海中の船の上
第2幕　コーンウォル国のマルケの王館の中の、イゾルデの部屋の前庭
第3幕　ブルターニュのカレオールにあるトリスタンの居城の中

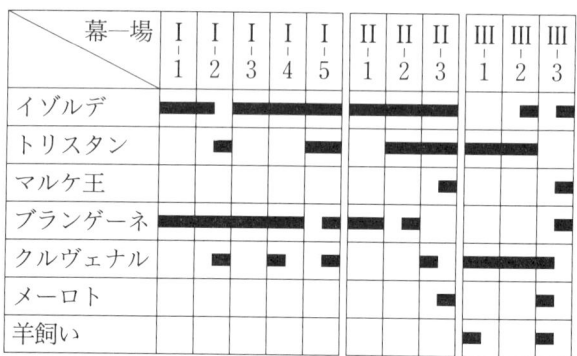

主要人物登場場面一覧

第1幕
Erster Aufzug

Erste Szene 第1場

Isolde. Brangäne. Stimme eines jungen Seemanns.

イゾルデ，ブランゲーネ，若い水夫の声。

Zeltartiges Gemach auf dem Vorderdeck eines Seeschiffes, reich mit Teppichen behangen, beim Beginn nach dem Hintergrunde zu gänzlich geschlossen; zur Seite führt eine schmale Treppe in den Schiffsraum hinab. Isolde auf einem Ruhebett, das Gesicht in die Kissen gedrückt. —— Brangäne, einen Teppich zurückgeschlagen haltend, blickt zur Seite über Bord.

大きな帆船の前甲板，数々の垂れ幕に仕切られた天幕風の船室。幕が開いたときには奥まで閉ざされている。わきには，船室に下りる階段。イゾルデは寝椅子に身を横たえ，枕に顔をうずめている。ブランゲーネは垂れ幕の一枚を掲げて，船べりごしに海を眺めている。

STIMME EINES JUNGEN SEEMANNS
若い水夫の声

(aus der Höhe, wie vom Mast her, vernehmbar)
Westwärts
schweift der Blick;
ostwärts
streicht das Schiff.

（マストのあたりの高みから聞こえる）
西を眼差しは
振り返るのに，
東をさして
船は走る。

Frisch weht der Wind
der Heimat zu:

さわやかな風が
ふるさとの方へ吹く。

mein irisch Kind,
wo weilest du?

可愛いアイルランド娘よ，
いったい，お前はどこだ？

Sind's deiner Seufzer Wehen,
die mir die Segel blähen?

わが船の帆がふくらむのは，
お前のため息のせいか？

Wehe, wehe, du Wind!
Weh', ach wehe, mein Kind!

吹けよ，風，吹け，風よ。
かわいそうなは，この娘！ *

＊訳註)「若い水夫」はアイルランドに残してきた恋人のことを追憶しているが，それが同時にイゾルデをからかう内容にもなっている。

Irische Maid,
du wilde, minnige Maid!

　　アイルランド娘，
　　ぼくの奔放で愛らしい娘。

ISOLDE　　　　*(jäh auffahrend)*
イゾルデ　　　Wer wagt mich zu höhnen?

　　　　　　（かっとなって身を起こし）
　　　　　　私をからかおうとするのは，いったい誰？

(Sie blickt verstört um sich.)
Brangäne, du?
Sag', wo sind wir?

　　（狂おしげに辺りを見回し）
　　ブランゲーネ，お前かい？
　　それにしても，ここはどの辺り？

BRANGÄNE　　*(an der Öffnung)*
ブランゲーネ　Blaue Streifen
　　　　　　stiegen im Osten auf;

　　（垂れ幕の開いたところから）
　　青い陸の影が，
　　東の方に浮かんできました。

sanft und schnell
segelt das Schiff:

　　静かにすばやく
　　船足は進んでいます。

auf ruhiger See vor Abend
erreichen wir sicher das Land.

　　波が穏やかなら，まちがいなく
　　日暮れ前にはあの国に着きましょう。

ISOLDE　　　　Welches Land?
イゾルデ
　　　　　　どの国に着くと言うの？

BRANGÄNE　　Kornwalls grünen Strand.
ブランゲーネ
　　　　　　コーンウォルの緑の岸辺ですわ。

ISOLDE　　　　Nimmermehr!
イゾルデ　　　Nicht heut', noch morgen!

　　とんでもない！
　　今日と言わず，明日でもごめんだわ！

	BRANGÄNE ブランゲーネ	*(läßt den Vorhang zufallen und eilt bestürzt zu Isolde)* Was hör' ich? Herrin! Ha!

（垂れ幕を下ろし，慌て気味にイゾルデに駆け寄り）

何とおっしゃいました，姫君？

	ISOLDE イゾルデ	*(wild vor sich hin)* Entartet Geschlecht! Unwert der Ahnen!

（胸のうちを激しく吐露）

衰え果てた私の一族，
先祖代々の名にも恥ずかしい。

Wohin, Mutter,
vergabst du die Macht,
über Meer und Sturm zu gebieten?

どこに捨ててしまわれたの，
母上よ，
海原と嵐を思うままに操る力を？

Oh zahme Kunst
der Zauberin,
die nur Balsamtränke noch braut!

その腕前もおとなしく
魔法を使うとは名ばかりで，
薬酒を醸すのがせいぜいよ！

Erwache mir wieder,
kühne Gewalt;

先祖の大胆な魔力よ，
この身に再び目覚めておくれ。

herauf aus dem Busen,
wo du dich bargst!

姿を現しておくれ，
隠れていた胸のうちから。

Hört meinen Willen,
zagende Winde!

臆病な風たちよ，
私の命令を聞くがよい。

Heran zu Kampf
und Wettergetös'!

戦いの用意をととのえ，
ひと暴れするため，寄っておいで！

Zu tobender Stürme
wütendem Wirbel!

　たけり狂う嵐の
　恐ろしいつむじ風となって！

Treibt aus dem Schlaf
dies träumende Meer,
weckt aus dem Grund
seine grollende Gier!

　夢見ごこちでいる，
　この海原をたたき起こし，
　満たされずにいた貪欲さを
　底から掻き立ててやるがいい。

Zeigt ihm die Beute,
die ich ihm biete!

　私がくれてやる，これらの獲物を
　海原にはっきりと見せておやり！

Zerschlag' es dies trotzige Schiff,
des zerschellten Trümmer, verschling's!

　この高慢ちきな船など，粉々に砕いて，
　海が余さず呑みこむがいい！

Und was auf ihm lebt,
den wehenden Atem,
den lass' ich euch Winden zum Lohn!

　そして，船にわだかまる者たちの命と息吹を，
　風たちよ，お前たちには，
　褒美にあげようじゃないの！

BRANGÄNE (im äußersten Schreck, um Isolde sich bemühend)
ブランゲーネ Oh weh'!
Ach! Ach!
Des Übels, das ich geahnt! —

　(姫の剣幕に縮みあがり，おろおろとなだめつつ)
　ああ，ああ，
　なんと嘆かわしい！
　まさかと思っていた災いが訪れるとは。

Isolde! Herrin!
Teures Herz!
Was bargst du mir so lang'?

　イゾルデ様，姫君，
　だいじなお方，
　そんなお気持ちを，なぜ久しくお隠しでした？

Nicht eine Träne
weintest du Vater und Mutter;

　父上や母上においとまするときも
　涙ひとしずく、見せなかった姫君でしたのに。

kaum einen Gruß
den Bleibenden botest du.

　国に残す方々に
　挨拶もそこそこでした。

Von der Heimat scheidend
kalt und stumm,
bleich und schweigend
auf der Fahrt;

　故郷をあとにする折にも
　かたくなに押し黙り，
　船路のあいだも口を真一文字に
　血の気もうせて，

Ohne Nahrung,
Ohne Schlaf;
starr und elend,
wild verstört:

　お食事もなさらず，
　まどろみもなく，
　不幸に身をひたして，身じろぎもせず，
　ひどく取り乱していられた。

wie ertrug ich,
so dich sehend,
nichts dir mehr zu sein,
fremd vor dir zu steh'n?

　この身のつらさは
　その，お姿を見るにつけ，
　ただ，何のお役にも立たず，他人行儀に
　立ち尽くしているほかなかったこと！

Oh, nun melde,
was dich müht!

　教えてください，
　お心にかかる黒雲は何ですか？

Sage, künde,
was dich quält!

どうか，おっしゃって
あなたの苦しみを。

Herrin Isolde,
trauteste Holde!
Soll sie wert sich dir wähnen,
vertraue nun Brangänen!

イゾルデ様，やさしく

いとしい姫君，

この私に，とりえがあると思われるなら，

心のうちを，ブランゲーネに打ち明けて……！

ISOLDE　Luft! Luft!
イゾルデ　Mir erstickt das Herz!
Öffne! Öffne dort weit!
(Brangäne zieht eilig die Vorhänge in der Mitte auseinander.)

風よ，風をいれて！

胸がつまる，

そこを，思いっきり開けて！

（ブランゲーネは，真ん中の垂れ幕を左右にかきわけ，ひろげる）

Zweite Szene 第2場

**Die Vorigen. Tristan. Kurwenal. Schiffsvolk,
Ritter und Knappen.**

前場の二人，トリスタン，クルヴェナル，
水夫たち，騎士と小姓たち。

Man blickt dem Schiff entlang bis zum Steuerbord, über den Bord hinaus auf das Meer und den Horizont. Um den Hauptmast in der Mitte ist Seevolk, mit Tauen beschäftigt, gelagert; über sie hinaus gewahrt man am Steuerbord Ritter und Knappen, ebenfalls gelagert; von ihnen etwas entfernt Tristan, mit verschränkten Armen stehend und sinnend auf das Meer blickend; zu Füßen ihm, nachlässig gelagert, Kurwenal

船の右舷が見渡され，さらに船べりごしに海と水平線も見える。中央のメイン・マストまわりには，帆綱をつくろう水夫たち。その向こうには，右舷にそって，騎士と小姓たちがたむろする。彼らから少し離れて，トリスタンが腕を組み，思いに耽って，海を眺めて立ち，その足元に投げやりなかっこうでクルヴェナルが横たわる。

STIMME EINES　*(vom Maste her, aus der Höhe)*
JUNGEN SEEMANNS　Frisch weht der Wind
若い水夫の声　der Heimat zu:

（マストの高みから聞こえる）
さわやかな風が
ふるさとの方へ吹く。

mein irisch Kind,
wo weilest du?

可愛いアイルランド娘よ，
いったい，お前はどこに？

Sind's deiner Seufzer Wehen,
die mir die Segel blähen?

わが船の帆がふくらむのは，
お前のため息のせいか？

Wehe, wehe, du Wind!
Weh', ach wehe, mein Kind!

吹けよ，風，吹け，風よ。
かわいそうなは，この娘！

ISOLDE
イゾルデ
(deren Blick sogleich Tristan fand und starr auf ihn geheftet blieb, dumpf für sich)
Mir erkoren,
mir verloren,
hehr und heil,
kühn und feig!

(水夫の歌を耳にするや，ただちにトリスタンを見とめて，眼差しを彼に釘付けにしていたが，自分に言い聞かすように呟く)

私と結ばれるべく定められながら，
私から失われていった，この男。
お高くとまって，呑気なうわべ，
大胆なくせに，臆病でもある。

Todgeweihtes Haupt!
Todgeweihtes Herz!

死すべき定めの，あの頭（こうべ），
死すべき定めの，あの心！

(zu Brangäne, unheimlich lachend)
Was hältst du von dem Knechte?

(不気味な笑みを浮かべて，ブランゲーネに)
お前，あの家来のことを，どう思って？

BRANGÄNE
ブランゲーネ
(ihrem Blicke folgend)
Wen meinst du?

(姫の眼差しをたどって)
誰のことをお考えですか？

ISOLDE
イゾルデ
Dort den Helden,

あそこの勇士のことよ。

der meinem Blick
den seinen birgt,
in Scham und Scheue
abwärts schaut.

　私の眼差しから，
　気後れと恥ずかしさのため，
　眼を伏せている
　あの男よ。

Sag', wie dünkt er dich?

　さあ，お前はどう思うの？

BRANGÄNE
ブランゲーネ

Frägst du nach Tristan,
teure Frau,

　トリスタン様のことを
　お尋ねですか，姫君？

dem Wunder aller Reiche,
dem hochgepries'nen Mann,
dem Helden ohne Gleiche,
des Ruhmes Hort und Bann?

　諸国で奇蹟と称えられ，
　山ほどの賞賛をあびている，
　比類ない勇士で，一身に
　栄誉を集めている，あのお方のことを？

ISOLDE
イゾルデ

(sie verhöhnend)
Der zagend vor dem Streiche
sich flüchtet, wo er kann,
weil eine Braut er als Leiche
für seinen Herrn gewann!

（ブランゲーネへの嘲りを込めて）
　私からのひと太刀におびえて
　逃げ回っている，あの男，
　それも道理で，主君のために
　しかばね同然の花嫁を連れ帰るのだから。

Dünkt es dich dunkel,
mein Gedicht?

　回りくどいかい，
　私のたとえ話は？

Frag' ihn denn selbst,
den freien Mann,
ob mir zu nah'n er wagt?

　ならば，あの方自身に尋ねるがいい，
　何の屈託のあるはずもないトリスタンに，
　敢えて私に近づく勇気があるのかと？

Der Ehren Gruß
und zücht'ge Acht
vergißt der Herrin
der zage Held,

　体面にふさわしい挨拶と
　礼節にかなった敬意を
　女主人の私に対して示すことを
　臆病な勇士は忘れている。

daß ihr Blick ihn nur nicht erreiche,
den Helden ohne Gleiche!

　ただただ私の眼差しが自分に，
　比類ない勇士の身に届かねばよい，と思って。

Oh, er weiß
wohl, warum!

　ああ，そのわけは
　あの人が，よおく知っている！

Zu dem Stolzen geh',
meld' ihm der Herrin Wort:

　さあ，お高くとまった男のところへ行って
　女主人の言葉を伝えなさい——

Meinem Dienst bereit,
schleunig soll er mir nah'n.

　ご用をつとめる支度をととのえ，
　姫のもとへ，すぐさま伺候するように，と。

BRANGÄNE　Soll ich ihn bitten,
ブランゲーネ　dich zu grüßen?

　あなたに挨拶するよう，
　あの方にお願いするのですか？

ISOLDE イゾルデ	Befehlen ließ' dem Eigenholde Furcht der Herrin ich, Isolde! いいえ，命令して， あの，手下ふぜいの男に， 女主人を畏れ敬う気持ちを このイゾルデが，教えようと言うのよ！

Auf Isoldes gebieterischen Wink entfernt sich Brangäne und schreitet verschämt dem Deck entlang dem Steuerbord zu, an den arbeitenden Seeleuten vorbei. Isolde, mit starrem Blicke ihr folgend, zieht sich rücklings nach dem Ruhebett zurück, wo sie sitzend während des Folgenden bleibt, das Auge unabgewandt nach dem Steuerbord gerichtet.

厳しいイゾルデの合図で去っていくブランゲーネは恥じ入り，作業に余念のない水夫たちの傍らを甲板にそって，右舷に近づく。彼女に眼を据えたまま，イゾルデはあとじさりして，寝椅子に戻り，この後，事の成り行きをうかがいながら，眼差しは右舷から離さない。

KURWENAL クルヴェナル	*(der Brangäne kommen sieht, zupft, ohne sich zu erheben, Tristan am Gewande)* Hab' acht, Tristan! Botschaft von Isolde. （ブランゲーネが近づくのを目に留め，横になったまま，トリスタンのすそを引っ張る） ご注意を，トリスタン， イゾルデの使いですよ。
TRISTAN トリスタン	*(auffahrend)* Was ist? Isolde? — （ぎょっとなって） なに？ イゾルデだと？
	(Er faßt sich schnell, als Brangäne vor ihm anlangt und sich verneigt.) Von meiner Herrin? Ihr gehorsam, was zu hören meldet höfisch mir die traute Magd? （前に立って会釈するブランゲーネに，素早く気を取りなおして） 姫君からのおことづてか？ ご主人の言いつけどおり， なにを私に 堅苦しく，侍女のあなたが， 伝えようというのか？

BRANGÄNE
ブランゲーネ

Mein Herre Tristan,
Euch zu sehen
wünscht Isolde,
meine Frau.

トリスタン様,
あなたにお目にかかりたい,
というのが, イゾルデ様,
我が主人のお望みで, ございます。

TRISTAN
トリスタン

Grämt sie die lange Fahrt,
die geht zu End';

船路の長さに, 姫の気がふさぐのであれば,
旅はまもなく終わる, と申し上げたい。

eh' noch die Sonne sinkt,
sind wir am Land.

夕日が沈む前に,
我らはあの国に着くのです。

Was meine Frau mir befehle,
treulich sei's erfüllt.

姫のご命令とあらば, 何であれ,
忠実に実行いたす気持ちではおりますが。

BRANGÄNE
ブランゲーネ

So mög' Herr Tristan
zu ihr geh'n:

では, どうか, トリスタン様,
姫のもとへお越しください。

das ist der Herrin Will'.

これが, 主人の気持ちでございます。

TRISTAN
トリスタン

Wo dort die grünen Fluren
dem Blick noch blau sich färben,
harrt mein König
meiner Frau:

かなた, 緑の野がまだ
はるかに青く霞んでいるあたりで,
王はわが貴婦人を
お待ちかねです。

zu ihm sie zu geleiten,
bald nah' ich mich der Lichten;

王のもとへお連れするため,
いずれ, 輝かしい姫のもとに参りましょう。

| | keinem gönnt' ich
diese Gunst. |
|---|---|

誰に譲ったりするものですか，
こんな晴れがましいお役目を。

| BRANGÄNE
ブランゲーネ | Mein Herre Tristan,
höre wohl: |
|---|---|

トリスタン様，
よくお聞きください。

deine Dienste
will die Frau,
daß du zur Stell' ihr nahtest
dort, wo sie deiner harrt.

姫の求める
ご用とは，
姫があなたを待っている，あの場所へ
いらっしゃることです。

| TRISTAN
トリスタン | Auf jeder Stelle,
wo ich steh',
getreulich dien' ich ihr,
der Frauen höchster Ehr'. |
|---|---|

どんなところにいようと，
世の婦人方の最高の
栄誉にかがやくイゾルデ姫のご用を
私は忠実に務めているのです。

Ließ' ich das Steuer
jetzt zur Stund',
wie lenkt' ich sicher den Kiel
zu König Markes Land?

けれども，私が舵の柄を，
今この場ではなしたら，
どうやって間違いなく，船を
マルケ王の国へ向けられましょうか？

| BRANGÄNE
ブランゲーネ | Tristan, mein Herre,
was höhn'st du mich? |
|---|---|

トリスタン様，
なぜ，私をからかうのですか？

> Dünkt dich nicht deutlich
> die tör'ge Magd,
> hör' meiner Herrin Wort!
> So, hieß sie, sollt' ich sagen:

　愚かな侍女の言葉が
　はっきりとは判らないとおっしゃるのなら，
　女主人のお言葉をそのまま，お聞きください！
　こう言え，と姫はおっしゃったのです——

> Befehlen ließ'
> dem Eigenholde
> Furcht der Herrin
> sie, Isolde.

　「いいえ，命令して，
　あの，手下ふぜいの男に，
　女主人を畏れ敬う気持ちを
　このイゾルデが，教えようと言うのよ！」

KURWENAL
クルヴェナル　*(aufspringend)*
Darf ich die Antwort sagen?
(はねおきて)
その返答はまかせてもらえますか？

TRISTAN
トリスタン　*(ruhig)*
Was wohl erwidertest du?
(すまして)
お前なら，どう返答するかな？

KURWENAL
クルヴェナル
Das sage sie
der Frau Isold'!

　では，イゾルデ姫に
　こう，伝えてもらいたい！

> Wer Kornwalls Kron'
> und Englands Erb'
> an Irlands Maid vermacht,

　コーンウォルの王冠と
　イングランドの王権を
　アイルランドの小娘にくれてやるお方が，

> der kann der Magd
> nicht eigen sein,
> die selbst dem Ohm er schenkt.

　小娘の言うままになろうはずがない，
　トリスタンは彼女を
　伯父上に進上するのだから。

Ein Herr der Welt
Tristan der Held!

　　世界のあるじだ，
　　勇士トリスタンは！

Ich ruf's: du sag's, und grollten
mir tausend Frau Isolden!
(Da Tristan durch Gebärden ihm zu wehren sucht und Brangäne entrüstet sich zum Weggehen wendet, singt Kurwenal der zögernd sich Entfernenden mit höchster Stärke nach:)

　　私がこう呼ばわり，お前がそれを伝えれば，
　　たとえ千人のイゾルデに恨まれたってかまやしない！
　　（トリスタンは身振りでやめさせようとしたが，腹を立て，ためらいがちに遠ざかるブランゲーネの背中に，クルヴェナルは声張り上げて浴びせかける）

»Herr Morold zog
zu Meere her,
in Kornwall Zins zu haben;

　　「モーロルト殿は
　　コーンウォルで貢物を取りたてようと
　　船出した。

ein Eiland schwimmt
auf ödem Meer,
da liegt er nun begraben!

　　ちっぽけな島が
　　その途中の退屈な海に浮かび，
　　その土にモーロルトは今，眠る。

Sein Haupt doch hängt
im Irenland,
als Zins gezahlt
von Engeland:
Hei! Unser Held Tristan,
wie der Zins zahlen kann!«

　　けれども，そのしゃれこうべは
　　アイルランドに送られて，
　　さらしもの。
　　これぞ，イングランドが納めた貢物，
　　いよう，我らが勇者トリスタン，
　　なんとも見事な納めっぷり！」

Kurwenal, von Tristan fortgescholten, ist in den Schiffsraum hinabgestiegen; Brangäne, in Bestürzung zu Isolde zurückgekehrt, schließt hinter sich die Vorhänge, während die ganze Mannschaft außen sich hören läßt.

クルヴェナルはトリスタンに叱りとばされ，船室へ降りていく。狼狽したブランゲーネはイゾルデのもとへ戻り，後ろ手に垂れ幕を閉じるうち，外から水夫たちが歌声を聞かせる。

ALLE MÄNNER 男たち全員	Sein Haupt doch hängt im Irenland, als Zins gezahlt von Engeland: Hei! Unser Held Tristan, wie der Zins zahlen kann!

けれども，そのしゃれこうべは
アイルランドに送られて，
さらしもの。
これぞ，イングランドが納めた貢物。
いよう，我らが勇者トリスタン，
なんとも見事な納めっぷり！

Dritte Szene 第3場

Isolde und Brangäne allein, bei vollkommen wieder geschlossenen Vorhängen. Isolde erhebt sich mit verzweiflungsvoller Wutgebärde. Brangäne stürzt ihr zu Füßen.

イゾルデとブランゲーネだけ。垂れ幕はまたすべて下ろされている。イゾルデが立ちあがり，捨て鉢な怒りをあらわにすると，ブランゲーネはその足元に身をなげる。

BRANGÄNE ブランゲーネ	Weh', ach wehe! Dies zu dulden!

ああ，悲しい！
こんな屈辱を受けて！

ISOLDE イゾルデ	(dem furchtbarsten Ausbruche nahe, schnell sich zusammenraffend) Doch nun von Tristan! Genau will ich's vernehmen.

（激情を爆発させる寸前までいったが，すばやく平静に戻り）
それはそれで，さあ，精しく
トリスタンの返事を聞かせなさい！

BRANGÄNE ブランゲーネ	Ach, frage nicht!

ああ，どうかご勘弁を！

ISOLDE イゾルデ	Frei sag's ohne Furcht!

恐れず，楽な気持ちで話しなさい。

BRANGÄNE ブランゲーネ	Mit höf'schen Worten wich er aus.

言葉は丁寧ながら，
はぐらかすばかりでした。

ISOLDE イゾルデ		Doch als du deutlich mahntest? でも、お前がはっきりと促すと？
BRANGÄNE ブランゲーネ		Da ich zur Stell' ihn zu dir rief: この場所へいらっしゃるよう， 申しましたら，

wo er auch steh',
so sagte er,
getreulich dien' er ihr,
der Frauen höchster Ehr'.

たとい，どんなところにいようと，
——トリスタン様のお言葉です——
姫のご用は忠実に務めているのです。
世の婦人方の最高の栄誉にかがやく姫の。

Ließ' er das Steuer
jetzt zur Stund',
wie lenkt' er sicher den Kiel
zu König Markes Land?

けれども，自分が舵の柄を，
今この場で，はなしたら，
どうやって間違いなく，船を
マルケ王の国へ向けられましょうか？　と。

| ISOLDE
イゾルデ | | *(schmerzlich bitter)*
»Wie lenkt' er sicher den Kiel
zu König Markes Land«? |

(悲痛な調子で)
「どうやって間違いなく，船を
マルケ王の国へ向けられましょう」などと——

(grell und heftig)
Den Zins ihm auszuzahlen,
den er aus Irland zog!

(激して)
それこそ，貢物の私を，アイルランドから
マルケに届けるためではないの！

BRANGÄNE ブランゲーネ		Auf deine eig'nen Worte, als ich ihm die entbot, ließ seinen Treuen Kurwenal —
		姫ご自身の言葉を ありのまま伝えますと, 忠臣のクルヴェナルに返答をまかせ……
ISOLDE イゾルデ		Den hab' ich wohl vernommen, kein Wort, das mir entging,
		それは,私にもよく聞き取れた, 一言たりとも聞きもらしはしなかった。
		Erfuhrest du meine Schmach, nun höre, was sie mir schuf.
		ならば,私の屈辱を聞き知ったお前に, その由来を聞いてほしいの。
		Wie lachend sie mir Lieder singen, wohl könnt' auch ich erwidern:
		私を笑いものにする唄を ああして水夫どもが歌ったからには, 私の方でも,歌い返さずにはいられない。—
		Von einem Kahn, der klein und arm an Irlands Küste schwamm, *
		「一艘のみすぼらしい小舟が アイルランドの岸に 流れついた。
		darinnen krank ein siecher Mann elend im Sterben lag.
		その中には, 病み衰えた男が, 瀕死の様で,横たわっていた。
		Isoldes Kunst ward ihm bekannt;
		イゾルデの医術の腕を 男は知ることになった。

---

*訳註) 以下,いわゆる《タントリスの歌》として有名。

mit Heilsalben
und Balsamsaft
der Wunde, die ihn plagte,
getreulich pflag sie da.

　膏薬とあわせて
　薬酒も用い,
　男が苦しむ傷を
　彼女はまめまめしく癒した。

Der »Tantris«
mit sorgender List sich nannte,
als Tristan
Isold' ihn bald erkannte,

　正体が知られるのを怖れて,
　「タントリス」と名乗った男が
　実はトリスタンであることを
　まもなくイゾルデは知る。

da in des Müß'gen Schwerte
eine Scharte sie gewahrte,
darin genau
sich fügt' ein Splitter,

　こののらくら者の剣には
　刃こぼれがあるのに彼女は気づいたが,
　それにぴたりと合う
　破片があった。

den einst im Haupt
des Iren-Ritter,
zum Hohn ihr heimgesandt,
mit kund'ger Hand sie fand.

　それこそ,かつてアイルランドの騎士の
　モーロルトの頭蓋が,
　嘲りをこめて,送りつけられたとき,
　医術を心得た彼女が見つけた一片だったの。

Da schrie's mir auf
aus tiefstem Grund!

　そのとき,私の胸の奥底から＊
　こみ上げてくる叫びがあった！

＊訳註）今まで自分を三人称で呼んでいたイゾルデが,ここから一人称に変える。

Mit dem hellen Schwert
ich vor ihm stund,
an ihm, dem Überfrechen,
Herrn Morolds Tod zu rächen.

そこで，抜き身の剣をさげ

私は立った，

厚顔きわまりない男の前に！

モーロルト様の仇をうつのだ，と。

Von seinem Lager
blickt' er her —
nicht auf das Schwert,
nicht auf die Hand, —
er sah mir in die Augen.

寝床に病み伏す

男の眼差しは，

白刃ではなく，

私の手ではなく，

私の瞳へ見入った。

Seines Elendes jammerte mich; —
Das Schwert, ich ließ es fallen!

男の哀れな様に同情して，——

剣を，私は手から落とした！

Die Morold schlug, die Wunde,
sie heilt' ich, daß er gesunde
und heim nach Hause kehre,
mit dem Blick mich nicht mehr beschwere!

モーロルト様が負わせた，その傷を

イゾルデは癒したの。

トリスタンが快癒して国へ帰り，

その眼差しで，私の心を再び煩わさないようにと！

BRANGÄNE
ブランゲーネ

Oh Wunder!
Wo hatt' ich die Augen?
Der Gast, den einst
ich pflegen half?

まあ，なんと驚いたことでしょう！

私の眼はどこについていたのかしら？

いつか私も手当てを手伝った，

あの，お客様のことですか？

| ISOLDE | Sein Lob hörtest du eben: |
|イゾルデ| »Hei! Unser Held Tristan« —
der war jener traur'ge Mann. |

あの男の誉め歌はいま聴いたとおりよ,
「いよう,我らが勇者トリスタン!」とね。
それが,あの陰気な男だったの。

Er schwur mit tausend Eiden
mir ew'gen Dank und Treue!

あの男は繰り返し誓った,
いつまでもご恩を忘れず,真心を尽くすと!

Nun hör', wie ein Held
Eide hält!

さあ,聞くがいい,勇士というものが,
どんなに誓いを守るものか!

Den als Tantris
unerkannt ich entlassen,
als Tristan
kehrt' er kühn zurück;

正体を知らぬふりで,タントリスとして
放免してやった男が,
こんどはトリスタンと名乗って
厚かましくも戻ってきたの。

auf stolzem Schiff,
von hohem Bord
Irlands Erbin
begehrt' er zur Eh'

堂々とした,
船べりも高い船に乗って,
アイルランドの世継ぎの王女の私を
妃として連れ帰ろうと,彼は望んだ。

für Kornwalls müden König,
für Marke, seinen Ohm.

コーンウォルの老いぼれた王で,
自分の伯父のマルケの妃にと。

Da Morold lebte,
wer hätt' es gewagt
uns je solche Schmach zu bieten?

モーロルト様が生きていたときなら,
だれが,これほどの恥辱を
私たちに加える勇気があったでしょう?

Für der zinspflicht'gen
Kornen Fürsten
um Irlands Krone zu werben!

貢物を納める義務のある
コーンウォルびとの領主のために
アイルランドの王冠を求めるとは！

Ach, wehe mir!
Ich ja war's,
die heimlich selbst
die Schmach sich schuf!

ああ，悔しくてたまらない！
何しろ，私が自分から
こっそりと我が身に
恥辱を招きよせてしまったのだから！

Das rächende Schwert,
statt es zu schwingen,
machtlos ließ ich's fallen!
Nun dien' ich dem Vasallen!

復讐の刃を振り下ろすかわりに，
力なく取り落としてしまったのは，
この私だった！
いまは，家臣ふぜいの男の言うままになっている身！

BRANGÄNE
ブランゲーネ

Da Friede, Sühn' und Freundschaft
von allen ward beschworen,
wir freuten uns all' des Tags;

平和と和解と友好を
みんなが誓った，
あの日のことを誰もが喜びましたのに。

wie ahnte mir da,
daß dir es Kummer schüf?

私ごときがどうして気づきましょう，
それが姫の苦悩のたねになるなどとは？

ISOLDE
イゾルデ

Oh blinde Augen!
Blöde Herzen!
Zahmer Mut,
Verzagtes Schweigen!

この眼は盲目同然。
決断は鈍り，
勇気も衰え，
気後れに，口も押し黙るばかり！

Wie anders prahlte
Tristan aus,
was ich verschlossen hielt!

　それにひきかえ，何とあけすけに
　トリスタンは喋り散らしていることよ，
　私の秘めておいたことを！

Die schweigend ihm
das Leben gab,
vor Feindes Rache
ihn schweigend barg;

　何も言わずに
　命を助け，
　かたきの復讐から，黙って
　かくまい通してやった私。

was stumm ihr Schutz
zum Heil ihm schuf,
mit ihr gab er es preis!

　無言でかばい，
　幸せをもたらしてやったのに，
　その恩を私もろとも，彼はあっさり棄ててしまった！

Wie siegprangend
heil und hehr,
laut und hell
wies er auf mich:

　勝ち誇った調子で，
　病も癒えて尊大になり，
　高らかに
　私を指して，言ったはず。

»Das wär' ein Schatz,
mein Herr und Ohm;
wie dünkt Euch die zur Eh'?

　「こいつは掘り出し物ですよ，
　伯父上，
　お妃に召されるなど，いかがでしょう？

Die schmucke Irin
hol' ich her;

　この乙なアイルランド娘を
　私めが連れて参りましょう。

mit Steg' und Wegen
wohlbekannt,
ein Wink, ich flieg'
nach Irenland:

　　道案内なら

　　じゅうじゅう承知の私，

　　一言，お指図があれば，

　　アイレびとの国へひとっ飛びですよ。

Isolde, die ist Euer! —
Mir lacht das Abenteuer! «

　　イゾルデ，あの娘はあなたのもの！

　　ああ，楽しい冒険が待っている！」

Fluch dir, Verruchter!
Fluch deinem Haupt!

　　何と憎らしいトリスタン，

　　お前の頭に呪いあれ！

Rache! Tod!
Tod uns beiden!

　　復讐するのよ，死をもって！

　　私たち二人が死ぬのよ！

BRANGÄNE
ブランゲーネ
(mit ungestümer Zärtlichkeit auf Isolde stürzend)
Oh Süße! Traute!
Teure! Holde!
Gold'ne Herrin!
Lieb' Isolde!

　　（狂おしいまでに優しくイゾルデに身を投げかけ）

　　ああ，やさしくいとおしい姫，

　　大事な，恵み深い方，

　　輝かしい姫君，

　　イゾルデ様！

(Sie zieht Isolde allmählich nach dem Ruhebett.)
Hör' mich! Komme!
Setz' dich her!

　　（イゾルデの手を引いておもむろに寝椅子の方へいざなう）

　　聞いてくださいまし，こちらへ来て，

　　ここにお座りになって！

Welcher Wahn!
Welch eitles Zürnen!

　　何という妄想！

　　何という甲斐のない，お腹立ちでしょう！

Wie magst du dich betören,
nicht hell zu seh'n noch hören?

　ひどく血迷っていらして，ものごとを
　はっきり聞き取りも見定めもならぬとは！

Was je Herr Tristan
dir verdankte,
sag', konnt' er's höher lohnen
als mit der herrlichsten der Kronen?

　トリスタン様があなたから受けた
　ご恩に報いるのに，
　世にも素晴らしいコーンウォルの王冠よりも
　まさったお返しがあるでしょうか？

So dient' er treu
dem ed'len Ohm;
dir gab er der Welt
begehrlichsten Lohn:

　そうすることで，王たる伯父上に
　忠誠を尽くし，
　あなたにも，これ以上は望めぬほどの
　お返しをなさったではありませんか。

dem eig'nen Erbe,＊
echt und edel,
entsagt' er zu deinen Füßen,
als Königin dich zu grüßen!

　ご自身の世継ぎの遺産を
　純な心栄えで，気高く諦め，
　王妃たるあなたに贈り，
　臣下の礼をとってられるのです。

(Isolde wendet sich ab.)
Und warb er Marke
dir zum Gemahl,
wie wolltest du die Wahl doch schelten,
muß er nicht wert dir gelten?

　（イゾルデは顔をそむける）
　それにマルケ王を
　あなたの夫君として選ばれたにしても，
　どうして，その選択にお怒りになるのでしょうか，
　まさか，王が自分には相応しくない，とでも？

＊訳註）Erbe, echt, edel は頭韻を踏んでいる。

Von edler Art
und mildem Mut,
wer gliche dem Mann
an Macht und Glanz?

気高い素性といい,
穏やかな心栄えといい,
誰があのお方に太刀打ちできましょうか,
権勢と栄光のうえで?

Dem ein hehrster Held
so treulich dient,
wer möchte sein Glück nicht teilen,
als Gattin bei ihm weilen?

こよなく貴い勇者が
忠勤を励んでいる,
そんな王者のかたわらに妃としてある幸せに,
誰があずかりたくないでしょうか?

ISOLDE
イゾルデ

(starr vor sich hinblickend)
Ungeminnt
den hehrsten Mann

(ひたすら前を見つめたまま)
愛してもくれぬ,
こよなく気高い男を＊

stets mir nah' zu sehen!
Wie könnt' ich die Qual bestehen?

常に身近に見ていなければならない,
そんな責め苦に, どうして, 耐えられよう?

BRANGÄNE
ブランゲーネ

Was wähn'st du, Arge?
Ungeminnt?

困ったお方, 何という思い違いでしょう。
愛してもくれぬ, ですって?

(Sie nähert sich schmeichelnd und kosend Isolde.)
Wo lebte der Mann,
der dich nicht liebte?

(あやすように, イゾルデに身をすりよせて)
およそ男として, あなたを愛さないような男が
どこにいましょう。

＊訳註) イゾルデの言う「気高い男」はトリスタンを指しているが, 侍女はこれをマルケと取り, 愛が不足なら媚薬を飲ませればよい, と考えた。

Der Isolden säh'
und in Isolden
selig nicht ganz verging'?

 イゾルデ様をひと目見て，

 有頂天になりきらない，

 そんな男がいましょうか？

Doch, der dir erkoren,
wär' er so kalt,
zög' ihn von dir
ein Zauber ab:

 あなたの夫君に選ばれた，あのお方が

 あなたに対して熱くならず，

 何かの魔法に邪魔されて

 疎ましい態度を取るとしても，

den bösen wüßt' ich
bald zu binden.

 そんな性悪な魔法でも

 すぐに封じて見せますわ。

Ihn bannte der Minne Macht.

 愛の女神の力が魔法だって封じてしまいます。

(mit geheimnisvoller Zutraulichkeit ganz nahe zu Isolde)
Kennst du der Mutter
Künste nicht?

 (謎めかした馴れ馴れしさで，イゾルデにひたと身を寄せ)

 母上の魔法を

 ご存知ではありませんか？

Wähnst du, die alles
klug erwägt,
ohne Rat in fremdes Land
hätt' sie mit dir mich entsandt?

 まさか，すべてを賢く思い量る

 あの方が，

 何の知恵も私に授けずに

 あなたに付けて異国へ送り出したなどと，思いますか？

ISOLDE *(düster)*
イゾルデ Der Mutter Rat
    gemahnt mich recht;

    (暗澹と)

    母上の授けてくださる

    知恵がはずれたことはない。

willkommen preis' ich
ihre Kunst:

　母上のわざなら
　ありがたいこと。

Rache für den Verrat,
Ruh' in der Not dem Herzen!

　裏切りにたいする復讐のため，
　苦しむ胸に安らぎをもたらすためにも！

Den Schrein dort bring' mir her!

　あそこの小箱をもっておいで！

BRANGÄNE
ブランゲーネ

Er birgt, was Heil dir frommt.
(Sie holt eine kleine goldne Truhe herbei, öffnet sie und deutet auf ihren Inhalt.)

　姫に役立つものが，あれにはしまってあるのです。
　(彼女は小さな金色の物入れを運んできて，それを開け，中身を指差す)

So reihte sie die Mutter,
die mächt'gen Zaubertränke.

　こうして母上は順番に
　効き目ある魔法の薬を並べたのです。

Für Weh' und Wunden
Balsam hier;

　痛みと傷には，
　ここにある香油。

für böse Gifte
Gegengift.

　悪性の毒には，
　この毒消し。

(Sie zieht ein Fläschchen hervor.)
Den hehrsten Trank,
ich halt' ihn hier.

　(一本の小瓶を取りだし)
　この上なく高貴な薬が
　ここにあります。

ISOLDE
イゾルデ

Du irrst, ich kenn' ihn besser;
ein starkes Zeichen
schnitt ich ihm ein.

　それは間違い。その薬なら私の方がよく知っている。
　はっきりした印を
　付けておいたのだから。

(Sie greift ein Fläschchen und zeigt es.)
Der Trank ist's, der mir taugt!

(一本の小瓶を手に取り，示す)
私の役に立つ薬はこれ！

BRANGÄNE *(weicht entsetzt zurück)*
ブランゲーネ Der Todestrank!

(驚愕の表情で後しざり)
まあ，死の毒薬を！

Isolde hat sich vom Ruhebett erhoben und vernimmt mit wachsendem Schrecken den Ruf des Schiffsvolks.

イゾルデは寝椅子から身を起こして，水夫たちの掛け声に耳を傾けながら，おびえの色を濃くする。

SCHIFFSVOLK *(von außen)*
水夫たち Ho! He! Ha! He!
Am Untermast
die Segel ein!
Ho! He! Ha! He!

(外から)
ホー，ヘー，ハー，ヘー！
マストの下部の
帆をたため！
ホー，ヘー，ハー，ヘー！

ISOLDE Das deutet schnelle Fahrt.
イゾルデ Weh' mir! Nahe das Land!

あれは船足が速かったしるし，
ああ，忌まわしい。陸は近いのよ！

Vierte Szene 第4場

Die Vorigen und Kurwenal. 前場の二人に，クルヴェナル。

Durch die Vorhänge tritt mit Ungestüm Kurwenal herein.

垂れ幕を分けて，クルヴェナルが勢いよく入ってくる。

KURWENAL
クルヴェナル

Auf! Auf! Ihr Frauen
Frisch und froh!
Rasch gerüstet!
Fertig nun, hurtig und flink!

支度だ！ 支度だ！ さあ，ご婦人方。
元気を出して，朗らかに
急いで準備を整えてください！
さあ，てきぱきと，手早く！

(gemessener)
Und Frau Isolden
sollt' ich sagen
von Held Tristan,
meinem Herrn:

(いくぶん更(あらた)まって)
イゾルデ様に，
わが主人，
勇士トリスタンからの
言伝てでございます。

Vom Mast der Freude Flagge,
sie wehe lustig ins Land;
in Markes Königsschlosse
mach' sie ihr Nah'n bekannt.

マストには喜びの旗が＊
楽しげに陸のかたへなびいております。
それは，マルケの城に
姫の到着を知らせる旗。

Drum Frau Isolde
bät' er eilen,

それゆえ，トリスタンはイゾルデ様に
お急ぎあるよう，お願いします。

für's Land sich zu bereiten,
daß er sie könnt' geleiten.

上陸の準備をなさって，
トリスタンのエスコートを受けられますよう！

＊訳註）この趣向は第3幕でも使われる。128ページの訳註を参照のこと。

| ISOLDE | (nachdem sie zuerst bei der Meldung in Schauer zusammengefahren, gefaßt |
|イゾルデ| und mit Würde) |

Herrn Tristan bringe
meinen Gruß
und meld' ihm, was ich sage.

 (クルヴェナルの知らせに驚き，身をすくめたが，落ち着きを取り戻し，威厳をもって)

 トリスタン様に，
 私の挨拶を伝え，私の申すことを
 取り次いでいただきましょう。

Sollt' ich zur Seit' ihm gehen,
vor König Marke zu stehen,
nicht möcht' es nach Zucht
und Fug gescheh'n,

 たとえ，トリスタンに伴われて，
 私がマルケ王の前へ進むにしても，
 それは，礼式と作法に
 適ったものにはなりますまい，

empfing' ich Sühne
nicht zuvor
für ungesühnte Schuld:

 いまだ償われていない罪の償いを，
 あらかじめ
 私が受けていないのであれば。

Drum such' er meine Huld.
(Kurwenal macht eine trotzige Gebärde. Isolde fährt mit Steigerung fort.)

 ですから，前もって私の好意にすがるように！
 (クルヴェナルは，承服できない，といったそぶり。イゾルデはかまわず続け，しだいに声が高ぶる)

Du merke wohl
und meld' es gut!

 よく心にとめて，
 しっかと伝えるのです！

Nicht wollt' ich mich bereiten,
ans Land ihn zu begleiten;
nicht werd' ich zur Seit' ihm gehen,
vor König Marke zu stehen;

 上陸の準備を整え
 トリスタンにつき従うことも，
 トリスタンのかたわらを進んで
 マルケ王の前に出ることもいたしません。

begehrte Vergessen
und Vergeben
nach Zucht und Fug
er nicht zuvor
für ungebüßte Schuld:

償われていない罪を
私が忘れ，赦すことを，
礼式と作法のとおりに
あらかじめトリスタンが，
乞い求めない限りは。

die böt' ihm meine Huld!

赦しを与えるにしろ，それは私の好意からです。

KURWENAL
クルヴェナル
Sicher wißt,
das sag' ich ihm ;
nun harrt, wie er mich hört!
(Er geht schnell zurück. Isolde eilt auf Brangäne zu und umarmt sie heftig.)

どうか，ご安心ください，
お言葉は伝えます。
では，私が復命するのを，お待ちください。
（クルヴェナルが急ぎ足に去っていくと，イゾルデはブランゲーネに駆け寄り，はげしく掻き抱く）

ISOLDE
イゾルデ
Nun leb' wohl, Brangäne!
Grüß' mir die Welt,
grüße mir Vater und Mutter!

さあ，ブランゲーネ，お別れよ，
皆さまによろしく，
父上と母上に挨拶を伝えて！

BRANGÄNE
ブランゲーネ
Was ist? Was sinnst du?
Wolltest du flieh'n?
Wohin soll ich dir folgen?

何ですって？ 何をお考えです？
まさか，逃げ出そうとなさる？
どこまで私について来いとおっしゃるのですか？

ISOLDE
イゾルデ
(faßt sich schnell)
Hörtest du nicht?
（すばやく気を取りなおし）
私の言葉が聞き取れなかったの？

Hier bleib' ich,
Tristan will ich erwarten.

　ここにいて，私は
　トリスタンを待つのよ。

Getreu befolg',
was ich befehl',
den Sühnetrank
rüste schnell;

　私の言いつけを，
　忠実に守って
　償いの飲み物の
　支度を急ぎなさい！

du weißt, den ich dir wies?
(Sie entnimmt dem Schrein das Fläschchen.)

　さきほど指図したのは，覚えているわね？
　（箱から，例の小瓶を取りだし）

BRANGÄNE ブランゲーネ	Und welchen Trank? 　それで，どの薬でしょう？
ISOLDE イゾルデ	Diesen Trank! In die goldne Schale gieß' ihn aus; gefüllt faßt sie ihn ganz. 　これよ！ 　その金の盃に 　中身を空けなさい， 　盃はなみなみと湛えるはず。
BRANGÄNE ブランゲーネ	*(voll Grausen das Fläschchen empfangend)* Trau' ich dem Sinn? （総毛だって，小瓶を受け取り） 　気を失いそう！
ISOLDE イゾルデ	Sei du mir treu! 　言い付けどおりにしなさい！
BRANGÄNE ブランゲーネ	Den Trank, für wen? 　この薬を，誰のために？
ISOLDE イゾルデ	Wer mich betrog, 　私を欺いた男に，

BRANGÄNE ブランゲーネ	Tristan?	
	トリスタンですか？	
ISOLDE イゾルデ	— trinke mir Sühne!	
	償いの証しに飲んでもらうの。	
BRANGÄNE ブランゲーネ	*(zu Isoldes Füßen stürzend)* Entsetzen! Schone mich Arme!	
	（イゾルデの足元に身をなげ） 恐ろしいこと！　哀れと思し召して，ご勘弁を！	
ISOLDE イゾルデ	*(sehr heftig)* Schone du mich, untreue Magd!	
	（思いきり激しく） いたわってほしいのは，こちらよ。 不実な侍女ね！	

Kennst du der Mutter
Künste nicht?

    母上の魔法を
    お前は知らないの？

Wähnst du, die alles
klug erwägt,
ohne Rat in fremdes Land
hätt' sie mit dir mich entsandt?

    まさか，すべてを賢く思い量る＊
    母上が，
    何の知恵も私に授けずに
    お前を付けて異国へ嫁がせる，などと思うの？

Für Weh' und Wunden
gab sie Balsam,

    痛みと傷には，
    ここにある香油を下さった。

für böse Gifte
Gegengift.

    悪性の毒には，
    この毒消し。

＊訳註）原文では「すべてを思い量る」のがブランゲーネとも取れる構文で，皮肉となっている。

>   Für tiefstes Weh,
>   für höchstes Leid
>   gab sie den Todestrank.
>   Der Tod nun sag' ihr Dank!
>
>   こよなく深い苦しみ,
>   こよなく厳しい苦痛のためには
>   死の薬を下さった。
>   そのお礼は死神に言ってもらうわ！

BRANGÄNE
ブランゲーネ
> *(kaum ihrer mächtig)*
> Oh tiefstes Weh!
>
> (ほとんど気を失わんばかりで)
> ああ, この上なく深い苦しみ！

ISOLDE
イゾルデ
> Gehorch'st du mir nun?
>
> 言うとおりにするの？

BRANGÄNE
ブランゲーネ
> Oh höchstes Leid!
>
> この上なく厳しい苦痛です！

ISOLDE
イゾルデ
> Bist du mir treu?
>
> そむいたりしないわね？

BRANGÄNE
ブランゲーネ
> Der Trank?
>
> この薬ですか？

KURWENAL
クルヴェナル
> *(die Vorhänge von außen zurückschlagend eintretend)*
> Herr Tristan!
> *(Brangäne erhebt sich erschrocken und verwirrt)*
>
> (垂れ幕を外からはね開けて, 入ってきて)
> トリスタン様です！
> (ブランゲーネは驚きあわてて立ち上がる)

ISOLDE
イゾルデ
> *(Isolde sucht mit furchtbarer Anstrengung sich zu fassen. zu Kurwenal)*
> Herr Tristan trete nah!
>
> (恐ろしいほどの努力で気を取り直して、クルヴェナルに)
> トリスタン殿, どうか, お入りあるよう！

Fünfte Szene　第5場

Tristan. Isolde. Brangäne. Später Kurwenal, Schiffsvolk, Ritter und Knappen.　トリスタン, イゾルデ, ブランゲーネ。後でクルヴェナル, 水夫たち, 騎士たちと小姓たち。

Kurwenal geht wieder zurück. Brangäne, kaum ihrer mächtig, wendet sich in den Hintergrund. Isolde, ihr ganzes Gefühl zur Entscheidung zusammenfassend, schreitet langsam, mit großer Haltung, dem Ruhebett zu, auf dessen Kopfende sich stützend sie den Blick fest dem Eingange zuwendet.　Tristan tritt ein, und bleibt ehrerbietig am Eingange stehen.　Isolde ist mit furchtbarer Aufregung in seinen Anblick versunken. —— Langes Schweigen.

クルヴェナルが引き返すと，ブランゲーネは気もそぞろに，奥へ向かう。イゾルデは感情のありのたけを決断に込めようと，悠揚迫らぬ足取りで寝椅子の方へ歩を運び，その枕の側に身をもたせかけて，眼差しを入り口にしかと据える。トリスタンが入ってこようとして，入り口でうやうやしく立ち止まる。恐ろしいほどに気持ちの高ぶったイゾルデは，ただ彼の姿を見つめるばかり。——永い沈黙。

TRISTAN
トリスタン

Begehrt, Herrin,*
was Ihr wünscht.

姫君，何なりと
お望みのことをおっしゃってください。

ISOLDE
イゾルデ

Wüßtest du nicht,
was ich begehre,

私の望みを
知らないとでも言うの？

da doch die Furcht,
mir's zu erfüllen,
fern meinem Blick dich hielt?

私の望みを叶えるのが恐ろしくて，
遠く私の眼差しを
避けていたのではないの？

TRISTAN
トリスタン

Ehrfurcht
hielt mich in Acht.

恐れよりも，
あなたへの敬意が用心させたのです。

ISOLDE
イゾルデ

Der Ehre wenig
botest du mir;

敬意など，
ほとんど見せなかったくせに。

mit off'nem Hohn
verwehrtest du
Gehorsam meinem Gebot.

あからさまに嘲って，
拒んでみせたわね，
私の命令への服従を。

＊訳註）トリスタンはここではまだ相手に敬称を使っているが，49ページで親称（お前）に変わる。

TRISTAN トリスタン	Gehorsam einzig hielt mich in Bann.	

もっぱら服従の気持ちが
私を金縛りにしていたのです。

ISOLDE イゾルデ	So dankt' ich Geringes deinem Herrn,	

ならば,お前の主君への
私の感謝の気持ちも細ってしまう,

riet dir sein Dienst
Unsitte
gegen sein eigen Gemahl?

何しろ,王への奉公が
その妃の私への作法を
ないがしろにさせたのですから。

TRISTAN トリスタン	Sitte lehrt, wo ich gelebt:	

私の暮らした国の作法は
教えております,

zur Brautfahrt
der Brautwerber
meide fern die Braut.

花嫁を連れ帰る旅では,
仲人は花嫁から
身を遠ざけているように,と。

ISOLDE イゾルデ	Aus welcher Sorg'?	

どのような心配から?

TRISTAN トリスタン	Fragt die Sitte!	

それは,作法におたずねなさい。

ISOLDE イゾルデ	Da du so sittsam, mein Herr Tristan, auch einer Sitte sei nun gemahnt:	

それほど,あなたが作法を重んじるのなら,
トリスタン殿,
いまひとつの作法も
覚えておくがよい。

> den Feind dir zu sühnen,
> soll er als Freund sich rühmen.
>
> かたきの気持ちをなだめるには，
> かたきを先ず友にすることよ。

TRISTAN
トリスタン

> Und welchen Feind?
>
> かたきとは，誰のことです？

ISOLDE
イゾルデ

> Frag' deine Furcht!
>
> それは，その臆病な胸にたずねなさい。

> Blutschuld
> schwebt zwischen uns.
>
> 人殺しの意趣が
> あなたとの間には，晴らされずにいるのよ。

TRISTAN
トリスタン

> Die ward gesühnt.
>
> 和解は済んだはず。

ISOLDE
イゾルデ

> Nicht zwischen uns!
>
> 私たちの間ではまだなのです！

TRISTAN
トリスタン

> Im off'nen Feld
> vor allem Volk
> ward Urfehde geschworen.
>
> 人々を集めた広野で，
> 意趣晴らしを断念する儀式は
> 済まされたではないですか？

ISOLDE
イゾルデ

> Nicht da war's,
> wo ich Tantris barg,
> wo Tristan mir verfiel.
>
> あの時ではなかったわ，
> 私が，タントリスをかくまい，
> トリスタンの生殺与奪の権を握っていたのは。

> Da stand er herrlich,
> hehr und heil;
>
> あの時ならば，確かに，あなたは
> 尊大に，堂々と健やかに立っていたわ。

doch was er schwur,
das schwur ich nicht:
zu schweigen hatt' ich gelernt.

　けれど，あなたの誓う言葉に
　私は声を揃えはしなかった。
　黙ることの大事さを学んでいたから。

Da in stiller Kammer
krank er lag,

　鎮まりかえったあの部屋に，
　病んだトリスタンが横たわっていた。

mit dem Schwerte stumm
ich vor ihm stund:
schwieg da mein Mund,
bannt' ich meine Hand,

　剣を手にして無言の私が
　あなたの前に立ったとき，
　私の口は黙し，
　手は呪縛されたように動かさなかった。

doch was einst mit Hand
und Mund ich gelobt,
das schwur ich schweigend zu halten.
Nun will ich des Eides walten.

　しかし，一度，
　手と口で行なった誓い，そのときの私は
　それは果たそうと，無言で心に決めたわ。
　さあ，その誓いをなしとげようと思うの。

TRISTAN　Was schwurt Ihr, Frau?
トリスタン
　姫よ，何を誓ったのです？

ISOLDE　Rache für Morold!
イゾルデ
　殺されたモーロルト様の復讐。

TRISTAN　Müh't Euch die?
トリスタン
　そんなことを，今さら，心にかけて？

ISOLDE　Wag'st du zu höhnen?
イゾルデ
　私を嘲りでもするつもり？

Angelobt war er mir,
der hehre Irenheld;

　あの気高い，アイルランドの勇士は
　私の夫となるべき方だった。

seine Waffen hatt' ich geweiht;
für mich zog er zum Streit.

 私の清めた武器を帯びて，*
 私のために果たし合いに出かけていった。

Da er gefallen,
fiel meine Ehr':

 彼が討たれて
 私の誉れも地に落ちた。

in des Herzens Schwere
schwur ich den Eid,
würd' ein Mann den Mord nicht sühnen,
wollt' ich Magd mich des' erkühnen.

 重い心を抱いて
 私は誓った，
 この殺人のかたきをとってくれる男がいなければ，
 いっそ，乙女の私が意趣晴らしを敢行しよう，と。

Siech und matt
in meiner Macht,

 病み衰えて，息も絶え絶え，
 思うままにできたあなたに，

warum ich dich da nicht schlug?
Das sag' dir selbst mit leichtem Fug.

 なぜ，ひと太刀浴びせなかったのかしら？
 そのわけは，あなたなら，やすやすと言えるはずよ。

Ich pflag des Wunden,
daß den Heilgesunden
rächend schlüge der Mann,
der Isolden ihn abgewann.

 傷ついたあなたを看護してあげたわけは，
 傷の癒えたあかつきのあなたを，
 いずれイゾルデの手から奪い取る男に**
 復讐の刃をふるって欲しかったため。

Dein Los nun selber
magst du dir sagen!
Da die Männer sich all ihm vertragen,
wer muß nun Tristan schlagen?

 あなたの運命がどうなるか，
 自分で言えるでしょう。
 男たちがみな，あなたと折り合っている以上，
 誰がトリスタンを討たねばならないのかしら？

	TRISTAN トリスタン	*(bleich und düster)* War Morold dir so wert, nun wieder nimm das Schwert

（血の気が引き，沈鬱に）

モーロルトがお前にそれほど大切だったのなら，

さあ，も一度，この剣を手にして，

und führ' es sicher und fest,
daß du nicht dir's entfallen läßt!
(Er reicht ihr sein Schwert dar.)

けっして落としたりしないよう，

しっかりと確実に振るうがいい。

（イゾルデに自分の剣を差し出す）

	ISOLDE イゾルデ	Wie sorgt' ich schlecht um deinen Herren;

それでは，あなたの主君のことを

私がないがしろにすることになるの。

was würde König Marke sagen,
erschlüg' ich ihm
den besten Knecht,
der Kron' und Land ihm gewann,
den allertreu'sten Mann?***

マルケ王は何と言うでしょう，

私が斬り殺しでもしたら？

彼の股肱の臣で，

彼に王冠と領土を克ちとってきた

忠誠このうえない家来を。

Dünkt dich so wenig,
was er dir dankt,

王のあなたへの感謝が，

そんなに小さいとでも思っているの，

bringst du die Irin
ihm als Braut,

このアイルランド娘を

花嫁としてもたらしたというのに，

---

* 48ページ訳註）「清めた」武器には，当時の習慣で毒が塗ってあり，トリスタンはそのために病んだ。
** 48ページ訳註）この個所の原文には，ihn の代わりに ihm となっているヴァージョンがあり，そうなると，
「あなたの手から，いずれイゾルデを奪い取る男」となる。
*** 訳註）前ページの中ほど辺りから，イゾルデの台詞の押韻がはっきりしてきて，彼女の気持ちの落ち着きを示す。

daß er nicht schölte,
schlüg' ich den Werber,
der Urfehde-Pfand
so treu ihm liefert zur Hand?

　王が怒らないとでも？
　復讐の断念の人質である私を
　忠実にマルケに届けた，
　その仲人を私が成敗しても？

Wahre dein Schwert!

　その剣は納めなさい！

Da einst ich's schwang,
als mir die Rache
im Busen rang,

　復讐の念に
　胸がよじれんばかりの私が，
　剣を振り上げたとき，

als dein messender Blick
mein Bild sich stahl,
ob ich Herrn Marke
taug' als Gemahl:

　あなたの眼差しは，
　私を盗み見て，
　私が主君の妃としてふさわしいか，
　値踏みしていた。

Das Schwert, da ließ ich's sinken.
Nun laß uns Sühne trinken!

　そこで，この剣を私は下ろしたの。
　さあ，いっしょに和解と償いの盃を干しましょう！

Sie winkt Brangäne. Diese schaudert zusammen, schwankt und zögert in ihrer Bewegung. Isolde treibt sie mit gesteigerter Gebärde an. Brangäne läßt sich zur Bereitung des Trankes an.

イゾルデはブランゲーネに合図する。ブランゲーネは縮みあがり，ためらい，迷う身振り。イゾルデは激しい身振りで侍女をせきたて，ブランゲーネは薬の支度にかかる。

| SCHIFFSVOLK
水夫たち | *(von außen)*
Ho! He! Ha! He!
Am Obermast
die Segel ein!
Ho! He! Ha! He! |

（外から）
ホー，ヘー，ハー，ヘー！
トップマストの
帆をたため！
ホー，ヘー，ハー，ヘー！

| TRISTAN
トリスタン | *(aus düsterem Brüten auffahrend)*
Wo sind wir? |

（暗い物思いから，我に返って）
どこなのだ，ここは？

| ISOLDE
イゾルデ | Hart am Ziel! |

到着はまぢかよ！

Tristan, gewinn' ich Sühne?
Was hast du mir zu sagen?

トリスタン，償いの証しは頂けて？
何か，おっしゃることがあって？

| TRISTAN
トリスタン | *(finster)*
Des Schweigens Herrin
heißt mich schweigen: |

（沈鬱に）
沈黙の女神が＊
私に黙れと，おっしゃっているのだな。

fass' ich, was sie verschwieg,
verschweig' ich, was sie nicht faßt.

彼女が隠していることは判っているし，
彼女の判っていないことは言わずにおこう。

| ISOLDE
イゾルデ | Dein Schweigen fass' ich,
weich'st du mir aus.
Weigerst du die Sühne mir? |

あなたが言いたくないわけは判っているわ，
またもや，言い逃れしようとするけれど。
いったい，償いの気持ちはあるの？

＊訳注）47ページで「黙ることを学んだ」イゾルデを暗に指す。

SCHIFFSVOLK (von außen)
水夫たち Ho! He! Ha! He!

(外から)
ホー，ヘー，ハー，ヘー！

Auf Isoldes ungeduldigen Wink reicht Brangäne ihr die gefüllte Trinkschale.

苛立ったイゾルデの合図に，ブランゲーネは薬をなみなみ満たした盃をイゾルデに差し出す。

ISOLDE (mit dem Becher zu Tristan tretend, der ihr starr in die Augen blickt)
イゾルデ Du hörst den Ruf?
Wir sind am Ziel.

(盃を手に，自分をひたと見つめるトリスタンの方へ近づいて)
かけ声が聞こえるでしょう？
旅は終わったの。

In kurzer Frist
steh'n wir
(mit leisem Hohne)
vor König Marke.

今すぐにも，
私たちは立つのです，
(軽い嘲りをまじえて)
マルケ王の前に。

Geleitest du mich,
dünkt dich's nicht lieb,
darfst du so ihm sagen:

案内を務めてくださるからには，
まんざら気の進まぬことではないでしょう，
マルケにこうおっしゃれるのも，

»Mein Herr und Ohm,
sieh' die dir an:
ein sanft'res Weib
gewänn'st du nie.

「伯父上，
よおく，御覧なさいまし。
これ以上，気立てのやさしい女は
まず，手に入りませんよ。

Ihren Angelobten
erschlug ich ihr einst,
sein Haupt sandt' ich ihr heim;

彼女の約婚者を殺した私は，
そのしゃれこうべを，
故郷の彼女のもとへ送ってやりました。

die Wunde, die
seine Wehr mir schuf,
die hat sie hold geheilt.

 彼の剣が私の身につけた傷は

 彼女が情愛こめて

 治してくれました。

Mein Leben lag
in ihrer Macht:
das schenkte mir
die milde Magd,*

 私の生死は思いのままに

 なったのに,

 この命を救ってくれたのは,

 このやさしい乙女でした。

und ihres Landes
Schand' und Schmach,
die gab sie mit darein,
dein Eh'gemahl zu sein.

 そして故国の恥辱を

 彼女はそのまま,

 あなたの妃となるための

 持参金に含めました。

So guter Gaben
holden Dank
schuf mir ein süßer
Sühnetrank:

 これほど素晴らしい

 感謝の贈り物も,

 甘い和解の盃を

 私が干したからです。

den bot mir ihre Huld,
zu sühnen alle Schuld.»

 それこそ,すべての罪を償うよう,

 やさしい彼女が差し出した盃なのです」

---

* 訳註)MachtとMagdとは略式の押韻になっている。

SCHIFFSVOLK 水夫たち	*(außen)* Auf das Tau! Anker los!

　　　　　(外で)
　　　　　綱にかかれ！
　　　　　錨を下ろせ！

TRISTAN トリスタン	*(wild auffahrend)* Los den Anker! Das Steuer dem Strom! Den Winden Segel und Mast!

　　　　　(出し抜けに勢い激しく)
　　　　　錨を下ろせ！
　　　　　舵を潮流に効かせ！
　　　　　マストの帆は風にまかせて！

(Er entreißt ihr die Trinkschale.)
Wohl kenn' ich Irlands
Königin
und ihrer Künste
Wunderkraft.

　　　(イゾルデの手から盃を奪い)
　　　確かにおれはよく知っている，
　　　アイルランドの
　　　王妃と
　　　その不思議な術の卓効なら。

Den Balsam nützt' ich,
den sie bot:
den Becher nehm' ich nun,
daß ganz ich heut' genese.

　　　処方してもらった薬酒は
　　　私の傷に効いたのだから，
　　　この盃を今こそ干して，
　　　今日こそ，まったく健やかな身になろう。

Und achte auch
des Sühneeid's,
den ich zum Dank dir sage!

　　　そこで，お前に感謝して述べる，
　　　償いの誓いの言葉も
　　　心に留めてくれるように！

Tristans Ehre,
höchste Treu'!

　　　トリスタンの誉れ，
　　　それは忠誠の極みを尽くすこと！

Tristans Elend,
kühnster Trotz!

トリスタンの悲惨,
それはやみくもな虚勢!

Trug des Herzens!
Traum der Ahnung!

胸のうちをごまかし,
予感の幻を夢見ること!

Ew'ger Trauer
einz'ger Trost:

とこしえの悲哀に対して
唯一の慰めとなる,

Vergessens güt'ger Trank,
dich trink' ich sonder Wank!
(Er setzt an und trinkt.)

心やさしい忘れ薬,
さあ, たじろがず, 飲み干してやろう!

(口をつけ, 飲む)

ISOLDE Betrug auch hier?
イゾルデ Mein die Hälfte!

この期に及んでも欺くつもり?
半分は私のものよ!

(Sie entwindet ihm den Becher.)
Verräter! Ich trink' sie dir!

(トリスタンから盃を奪い)

裏切り者! 飲むのは, あなたのため!

Sie trinkt. Dann wirft sie die Schale fort. Beide, von Schauer erfaßt, blicken sich mit höchster Aufregung, doch mit starrer Haltung, unverwandt in die Augen, in deren Ausdruck der Todestrotz bald der Liebesglut weicht. Zittern ergreift sie. Sie fassen sich krampfhaft an das Herz und führen die Hand wieder an die Stirn. Dann suchen sie sich wieder mit dem Blick, senken ihn verwirrt und heften ihn wieder mit steigender Sehnsucht aufeinander.

イゾルデは飲み干した盃を投げ捨てる。戦慄に捉えられた二人は, 興奮の極致で身じろぎもせず, 食い入るように互いの眼に見入るうち, 死をも恐れないという強情がしだいに愛の情火に変わっていく。おののきに襲われて, 二人は思わず, 胸に手をやり, ついで額に当てる。再び, 眼と眼で相手を求め, 一度は当惑して眼を伏せるが, 情熱が尚まるよまに, ひたと見つめ合う。

ISOLDE *(mit bebender Stimme)*
イゾルデ Tristan!

(ふるえる声で)
トリスタン!

TRISTAN トリスタン	*(überströmend)* Isolde!	

（感情があふれて）
イゾルデ！

ISOLDE イゾルデ	*(an seine Brust sinkend)* Treuloser Holder!	

（トリスタンの胸に身を沈め）
不実なくせに，情の深い人！

TRISTAN トリスタン	*(mit Glut sie umfassend)* Seligste Frau!	

（情熱に突き動かされて，イゾルデを抱きしめ）
こよなき女よ！

Sie verbleiben in stummer Umarmung. Aus der Ferne vernimmt man Trompeten.	二人は言葉も絶えて，しばし，ただ抱擁に身をゆだねている。遠くからラッパの音が聞こえる。

RUF DER MÄNNER 男たちの歓呼の声	*(von außen auf dem Schiffe)* Heil! König Marke Heil!	

（外の，船上から）
万歳！　マルケ王，万歳！

BRANGÄNE ブランゲーネ	*(die, mit abgewandtem Gesicht, voll Verwirrung und Schauder sich über den Bord gelehnt hatte, wendet sich jetzt dem Anblick des in Liebesumarmung versunkenen Paares zu und stürzt händeringend voll Verzweiflung in den Vordergrund)* Wehe! Weh'! Unabwendbar ew'ge Not für kurzen Tod!	

（顔をそむけ，困惑と恐れの入り混じった気持ちから，身を船べりごしに乗り出していたが，振り返って，抱擁に浸りきっている二人の姿を見て，絶望に手をもみしだきながら前へ出てくる）
ああ，どうしよう！
てこでも動かぬ
とこしえの苦しみが
たちまちの死のかわりに訪れた！

Tör'ger Treue
trugvolles Werk
blüht nun jammernd empor!

　　愚かなまごころが仕組んだ，
　　絶望のまやかしから
　　痛恨の花が開いた！

(Tristan und Isolde fahren aus der Umarmung auf)

（トリスタンとイゾルデはあわただしく抱擁を解く）

TRISTAN
トリスタン

(verwirrt)
Was träumte mir
von Tristans Ehre?

（混乱して）
ああ，トリスタンの誉れなど
なぜ，夢に見たのか？

ISOLDE
イゾルデ

Was träumte mir
von Isoldens Schmach?

ああ，なぜイゾルデの
恥辱の夢など見たのかしら？

TRISTAN
トリスタン

Du mir verloren?

お前はおれから失われたのか？

ISOLDE
イゾルデ

Du mich verstoßen?

あなたは私を棄てたのかしら？

TRISTAN
トリスタン

Trügenden Zaubers
tückische List!

まやかしの魔法がしかけた
意地悪い落とし穴だ！

ISOLDE
イゾルデ

Törigen Zürnens
eit'les Dräu'n!

愚かな腹立ちから，
甲斐のない，脅しをかけただけ！

TRISTAN
トリスタン

Isolde!

イゾルデ！

ISOLDE
イゾルデ

Tristan!

トリスタン！

TRISTAN
トリスタン

Süßeste Maid!

優しい女！

ISOLDE
イゾルデ

Trautester Mann!

最愛のひと！

BEIDE Wie sich die Herzen
二人 wogend erheben!
Wie alle Sinne
wonnig erbeben!

二人の胸は

大きく波打つ！

五官のすべてが

歓喜にふるえる！

Sehnender Minne
schwellendes Blühen,
schmachtender Liebe
seliges Glühen!

憧れと愛が

膨らみ，花咲き，

悩み焦がれた愛が

至福にもえさかる！

Jach in der Brust
jauchzende Lust!

歓呼する悦びが

俄かに，胸うちに芽生える！

Isolde!/Tristan!

イゾルデ！／トリスタン！

Welten-entronnen,
du mir gewonnen!

現しみの世を逃れ出て，

お前は私のもの！

Du mir einzig bewußt,
höchste Liebeslust!

あなたばかりを心にとどめ，

こよない愛の歓喜！

Die Vorhänge werden weit auseinandergerissen; das ganze Schiff ist mit Rittern und Schiffsvolk bedeckt, die jubelnd über Bord winken, dem Ufer zu, das man, mit einer hohen Felsenburg gekrönt, nahe erblickt. Tristan und Isolde bleiben, in ihrem gegenseitigen Anblick verloren, ohne Wahrnehmung des um sie Vorgehenden.

船室の垂れ幕が広く，大きく開かれる。甲板を覆い尽くす騎士と水夫たちは，高い城を戴き，間近に見える陸の方へ，船べりごしに歓呼して手を振る。トリスタンとイゾルデは，互いの姿に見惚れて，周囲のあり様にまったく気づかない。

BRANGÄNE ブランゲーネ		*(zu den Frauen, die auf ihren Wink aus dem Schiffsraum heraufsteigen)* Schnell, den Mantel, den Königsschmuck!

(彼女の合図で,船室から登ってくる侍女たちに)

急いで,ガウンをお持ちして！
王妃の礼装よ！

(zwischen Tristan und Isolde stürzend)
Unsel'ge! Auf!
Hört, wo wir sind!
(Sie legt Isolde, die es nicht gewahrt, den Königsmantel an.)

(二人のあいだに割って入り)

不幸な人たち！ 眼を覚ますのです！
どこに着いたか,おわかりですか？
(夢心地でいるイゾルデに,王妃のガウンを着せる)

ALLE MÄNNER 男たち全員	Heil! Heil! Heil! König Marke Heil! Heil dem König!

万歳,万歳！ 万歳！
マルケ王,万歳！
王様,万歳！

KURWENAL クルヴェナル	*(lebhaft herantretend)* Heil Tristan! Glücklicher Held!

(勢いよく姿を現し)

万歳,トリスタン！
幸せな勇士！

Mit reichem Hofgesinde
dort auf Nachen
naht Herr Marke.

大勢の家臣たちを引き連れ,
小舟に乗って,マルケ様が
あそこに,近づいてきます。

Hei, wie die Fahrt ihn freut,
daß er die Braut sich freit!

ああ,花嫁を迎えた船旅に,
ことのほか,ご満悦の様子！

TRISTAN トリスタン	*(in Verwirrung aufblickend)* Wer naht?

(心乱れた眼を上げ)

誰が,近づく？

KURWENAL クルヴェナル	Der König!	
	国王ですよ！	

TRISTAN
トリスタン

Welcher König?
(Kurwenal deutet über Bord.)

どこの王だ？
（クルヴェナルは船べりごしに指差す）

ALLE MÄNNER
男たち全員

(die Hüte schwenkend)
Heil! König Marke Heil!
(Tristan starrt wie sinnlos nach dem Lande.)

（帽子を振りつつ）
万歳！　マルケ王，万歳！
（トリスタンはふぬけのように，陸を凝視する）

ISOLDE
イゾルデ

(in Verwirrung)
Was ist, Brangäne?
Welcher Ruf?

（心乱れたまま）
何事です，ブランゲーネ？
いったい，何の叫び？

BRANGÄNE
ブランゲーネ

Isolde! Herrin!
Fassung nur heut'!

イゾルデ様，姫様！
今は，お気を確かに！

ISOLDE
イゾルデ

Wo bin ich? Leb' ich?
Ha! Welcher Trank?

私はどこにいるの？　生きてるの？
ああ，あの飲み物は何だった？

BRANGÄNE
ブランゲーネ

(verzweiflungsvoll)
Der Liebestrank.

（切羽詰まって）
媚薬でした！＊

ISOLDE
イゾルデ

(starrt entsetzt auf Tristan)
Tristan!

（驚愕の表情でトリスタンを凝視）
トリスタン！

＊訳註）毒薬をイゾルデに求められて進退に窮したブランゲーネは，マルケとイゾルデの仲が年齢差にも拘わらずうまく行くようにとの配慮から用意されてあった惚れ薬をとっさの機転で差し出したのである。

TRISTAN トリスタン	Isolde! イゾルデ！	

ISOLDE イゾルデ	Muß ich leben? *(Sie stürzt ohnmächtig an seine Brust.)* 生きつづける他ないのね？ (気を失って、トリスタンの胸に倒れかかる)	

BRANGÄNE ブランゲーネ	*(zu den Frauen)* Helft der Herrin! (侍女たちに) 姫をお扶けしなさい！	

TRISTAN トリスタン	Oh Wonne voller Tücke! Oh truggeweihtes Glücke! ああ、不実にまみれた、この歓喜！ ああ、錯覚に委ねられた、この幸せ！	

ALLE MÄNNER 男たち全員	*(Ausbruch allgemeinen Jauchzens)* Kornwall Heil! (みんなの喜びが歓呼となって爆発する) コーンウォル、万歳！	

Trompeten vom Lande her. Leute sind über Bord gestiegen, andere haben eine Brücke ausgelegt, und die Haltung aller deutet auf die soeben bevorstehende Ankunft der Erwarteten, als der Vorhang schnell fällt.

陸からラッパの音。大勢の人が船べりをまたぎ、他の人は船から掛け橋を伸ばす。みなの態度が待ち望んだ姫の到着をいまかと期待するなか、すばやく幕が下りる。

第2幕
Zweiter Aufzug

Erste Szene 第1場

Isolde. Brangäne. イゾルデ,ブランゲーネ。

Garten mit hohen Bäumen vor dem Gemach Isoldes, zu welchem, seitwärts gelegen, Stufen hinaufführen. Helle, anmutige Sommernacht. An der geöffneten Türe ist eine brennende Fackel aufgesteckt. —— Jagdgetön. Brangäne, auf den Stufen am Gemach, späht dem immer entfernter vernehmbaren Jagdtrosse nach. Zu ihr tritt aus dem Gemach, feurig bewegt, Isolde.

王妃イゾルデの居室の前の,丈高い木立に囲まれた庭。庭から居室へ,脇から階段が通じている。夏の,快い白夜。居室の開け放たれた扉の脇に,一本の燃える松明が挿してある。—— 狩のざわめき。ブランゲーネは居室の脇の階段にたたずんで,しだいに響きが遠ざかる狩の一行の方を窺う。その彼女のところへ,火のように興奮したイゾルデが居室から出てくる。

ISOLDE
イゾルデ

Hörst du sie noch?
Mir schwand schon fern der Klang.

まだ聞こえているの?
私の耳にはもう遠くに消えてしまったわ。

BRANGÄNE
ブランゲーネ

(lauschend)
Noch sind sie nah;
deutlich tönt's daher.

(聞き耳を立てたまま)
狩の一行はまだ近うございます。
はっきりと聞こえて来ますわ。

ISOLDE
イゾルデ

(lauschend)
Sorgende Furcht
beirrt dein Ohr.

(聞き耳を立てて)
お前の気遣いが
空耳を聞かせるのよ,

Dich täuscht des Laubes
säuselnd Getön',
das lachend schüttelt der Wind.

お前がたぶらかされているのは,
風が楽しげに木立をゆすぶる,
葉ずれの音よ。

BRANGÄNE
ブランゲーネ

Dich täuscht des Wunsches
Ungestüm,
zu vernehmen, was du wähnst.

あなたこそ,
つのる恋しさにはやって,
錯覚した音を聞いているのです。

	(Sie lauscht.) Ich höre der Hörner Schall. （聞き耳を立てて） 角笛の呼び交わす響きが聞こえます。
ISOLDE イゾルデ	*(wieder lauschend)* Nicht Hörnerschall tönt so hold, （再び聞き耳を立て） 角笛なら， もっと荒々しく響くはず，

des Quelles sanft
rieselnde Welle
rauscht so wonnig daher.

   泉の優しいせせらぎが
   あのようにここちよく
   聞こえてくるのよ。

Wie hört' ich sie,
tosten noch Hörner?

   角笛がわめき続けていたら，
   どうして，あれが聞こえましょう？

Im Schweigen der Nacht
nur lacht mir der Quell.

   夜のしじまから
   私に笑いかけるのは泉ばかり。

Der meiner harrt
in schweigender Nacht,
als ob Hörner noch nah dir schallten,
willst du ihn fern mir halten?

   夜のしじまのなかで
   私を待ち焦がれる，あの人を，
   角笛がまだ近くに響いているかのように言って，
   お前は私から遠ざけておきたいの？

BRANGÄNE
ブランゲーネ
	Der deiner harrt —
	Oh hör' mein Warnen! —
	des harren Späher zur Nacht.
	   あなたを待ち焦がれる人ですって ——
	   どうか，私の警告に耳を貸してください。
	   見張りの者どもが，闇のなかでその人を窺っているのです。

Weil du erblindet,
wähnst du den Blick
der Welt erblödet für euch?

 恋のために盲目になった姫は，
 世間の目も，あなたがたには
 くらんでいる，とお思いですか？

Da dort an Schiffes Bord
von Tristans bebender Hand

 あのとき，あの船の上で，
 トリスタン様の震える手から，

die bleiche Braut,
kaum ihrer mächtig,
König Marke empfing,

 血の気も退いて，
 身も世もあらぬ花嫁を
 マルケ王が受け取ったそのとき，

als alles verwirrt
auf die Wankende sah,

 誰もが困惑の眼差しを
 よろめくイゾルデ様に注いでいたとき，

der güt'ge König,
mild besorgt,
die Mühen der langen Fahrt,
die du littest, laut beklagt':

 善良な王様が
 優しい心遣いから，
 あなたの，永い船旅の苦労のことを，
 声高に嘆かれた，あのとき，

ein einz'ger war's,
ich achtet' es wohl,
der nur Tristan faßt' ins Auge.

 ただ一人の男が，
 ——私はよく注意していました——
 トリスタン様ばかりを見つめておりました。

Mit böslicher List
lauerndem Blick

 腹黒い策略をめぐらし，
 油断なく窺い，

sucht' er in seiner Miene
zu finden, was ihm diene.

　男はトリスタン様の表情に，
　何か役立つものは，と探していたのです。

Tückisch lauschend
treff' ich ihn oft:

　男が陰険に立ち聞きする姿に，
　いくども，私は出会っています。

der heimlich euch umgarnt,
vor Melot seid gewarnt!

　こっそりと，あなた方を罠にかける，
　メーロト様に，ご用心下さい！

ISOLDE
イゾルデ
Meinst du Herrn Melot?
Oh, wie du dich trügst!

　メーロトさんのことを言いたいの？
　それは，ひどい考え違いというもの。

Ist er nicht Tristans
treuester Freund?

　トリスタン様の
　無二の親友ではないの？

Muß mein Trauter mich meiden,
dann weilt er bei Melot allein.

　あのいとしい方が私を避けねばならないときは，
　きまってメーロト様のところに寄っているのです。

BRANGÄNE
ブランゲーネ
Was mir ihn verdächtig,
macht dir ihn teuer!

　私にとって疑いの種子(たね)となるものが，
　あなたには，メーロトを頼もしく見せるのです。

Von Tristan zu Marke
ist Melots Weg;
dort sät er üble Saat,

　トリスタンのもとからマルケのもとへの道こそ，
　メーロトがたどる道筋。
　そこにメーロトは，災いの種子を蒔いておくのです。

Die heut' im Rat
dies nächtliche Jagen
so eilig schnell beschlossen,

　　昼の会議の席で，

　　今夜，狩を催すことを，

　　これほど取り急いで決めた人々は，

einem edler'n Wild,
als dein Wähnen meint,
gilt ihre Jägerslist.

　　あなたのお考えよりも，

　　はるかに高貴な獲物を狙っているのですよ，

　　彼らの計略は。

ISOLDE
イゾルデ

Dem Freund zulieb'
erfand diese List
aus Mitleid
Melot, der Freund.

　　この狩の計略も，

　　友人のためを思っての同情心から

　　親友のメーロトさんが

　　考えついたことよ。

Nun willst du den Treuen schelten?
Besser als du
sorgt er für mich;

　　こんなに友情の篤い方をそしろうと言うのね？

　　お前よりも，メーロトさんの方が

　　私のために気遣ってくださる。

ihm öffnet er,
was mir du sperrst.

　　トリスタン様のためには，

　　お前が邪魔だてしたことまで，通してくださる。

Oh spar' mir des Zögerns Not!
Das Zeichen, Brangäne!
Oh gib das Zeichen!

　　さあ，待ちくたびれる苦しみを除いてちょうだい！

　　あの合図のことよ，ブランゲーネ！

　　さあ，合図をしなさい！

Lösche des Lichtes
letzten Schein!

　　松明のあかりを

　　あまさず消して，

Daß ganz sie sich neige,
winke der Nacht.

　　夜の闇が降りてくるよう，
　　合図をしなさい。

Schon goß sie ihr Schweigen
durch Hain und Haus,
schon füllt sie das Herz
mit wonnigem Graus.

　　すでに夜はしじまを
　　木立と屋敷から忍び込ませ，
　　この胸を快いおののきで
　　満たしている。

Oh lösche das Licht nun aus,
lösche den scheuchenden Schein!
Laß meinen Liebsten ein!

　　さあ，今こそ，明かりを消しなさい，
　　脅しの光を消して，
　　最愛の人を迎えいれなさい！

BRANGÄNE　　Oh laß die warnende Zünde,
ブランゲーネ　　laß die Gefahr sie dir zeigen!

　　おお，警告の明かりは残して，
　　姫に危険を告げさせますように！

Oh wehe! Wehe!
Ach, mir Armen!
Des unseligen Trankes!

　　ああ，つらい，つらい！
　　ああ，惨めな私！
　　あの呪わしい飲み物！

Daß ich untreu
einmal nur
der Herrin Willen trog!

　　この私が，ただ一度，
　　ご主人のご意志を欺いた結果が
　　凶と出たのです！

Gehorcht' ich taub und blind,
dein Werk
war dann der Tod.

　　でも，ただ闇雲に
　　ご意志に従っていたら，
　　姫君は死を招いていたことでしょう。

Doch deine Schmach,
deine schmählichste Not,
mein Werk,
muß ich Schuld'ge es wissen?

　それはそれとして，姫の恥辱，

　この上なく耐えがたいお苦しみは

　私めの仕業，

　自分の罪深さを，こうまで思い知らされるとは！

ISOLDE
イゾルデ

Dein Werk?
Oh tör'ge Magd!

　お前の仕業ですって？

　たわけた人ね！

Frau Minne kenntest du nicht?
Nicht ihrer Wunder Macht?

　まさか，愛の女神を，

　その愛の魔力を知らぬわけはないでしょう。

Des kühnsten Mutes
Königin?

　大胆きわまる

　力をふるう女王を？

Des Weltenwerdens
Walterin?

　世界の生成をつかさどる

　女祭司を？

Leben und Tod
sind untertan ihr,
die sie webt aus Lust und Leid,
in Liebe wandelnd den Neid.

　喜びと苦しみから織り出す

　生と死を手下に従え，

　妬みの心も

　愛に変えてしまう女神を。

Des Todes Werk,
nahm ich's vermessen zur Hand,
Frau Minne hat es
meiner Macht entwandt.

　あつかましくも執り行なおうとした

　死の業を＊

　女神は，私の手から，

　取り上げてしまった。

＊訳註）トリスタンとともに毒薬をあおろうとしたことを指す。

Die Todgeweihte
nahm sie in Pfand,
faßte das Werk
in ihre Hand.

 死すべく定められた
 私を人質にとり，
 女神は仕事に
 取りかかったのよ。

Wie sie es wendet,
wie sie es endet,
was sie mir küre,
wohin mich führe,

 その仕事に
 どのように片をつけ，
 何を私にあてがい，
 どこへ私を連れていこうと，

ihr ward ich zu eigen:
nun laß mich Gehorsam zeigen!

 私は女神のしもべになったの。
 だから女神に従順でいられるようにほうっておいて！

BRANGÄNE　Und mußte der Minne
ブランゲーネ　tückischer Trank
des Sinnes Licht dir verlöschen,

 愛の女神の
 陰険な飲み物が
 あなたの判断の光を消し去り，

darfst du nicht sehen,
wenn ich dich warne:
nur heute hör',
oh hör' mein Flehen!

 私が諫めても
 お分かりにならないとしても，
 今はただ，私の哀願に
 耳を貸してください。

Der Gefahr leuchtendes Licht,
nur heute, heut'
die Fackel dort lösche nicht!

 危険を明々と告げるあの明かりを
 今はただ，ただ，
 あそこに掲げられた松明を消さずにおいてください！

ISOLDE
イゾルデ

Die im Busen mir
die Glut entfacht,
die mir das Herze
brennen macht,
die mir als Tag
der Seele lacht,

 この胸のうちに灼熱の

 恋の炎を点火し，

 心を熱く

 燃え上がらせ，

 魂の真昼の姿で

 私に笑いかける，

Frau Minne will:
es werde Nacht,*

 愛の女神の望みはただ一つ，

 夜の闇よ，降りよ，と。

daß hell sie dorten leuchte,
(sie eilt auf die Fackel zu)
wo sie dein Licht verscheuchte.
(Sie nimmt die Fackel von der Tür.)

 そして，お前の松明が脅していたその場所で，

  （松明に駆け寄り）

 女神自身が道しるべとなること！

  （扉から松明をぬき取る）

Zur Warte du:
dort wache treu!

 見張り台へお行き！

 あそこで忠実に見張りなさい！

Die Leuchte,
und wär's meines Lebens Licht —

 この松明は，

 たとえ，私の命の光であろうとも，

lachend
sie zu löschen zag' ich nicht!

 晴れ晴れとした気持ちで，消すわよ，

 ためらったりはしないわ！

＊訳註）これは聖書の『創世記』で神が「光よ，あれ！ es werde Licht!」と言ったことの裏返しでもある。

Zweite Szene 第2場

Tristan, Isolde. トリスタン,イゾルデ。

Sie wirft die Fackel zur Erde, wo sie allmählich verlischt. Brangäne wendet sich bestürzt ab, um auf einer äußeren Treppe die Zinne zu ersteigen, wo sie langsam verschwindet. Isolde lauscht und späht, zunächst schüchtern, in einen Baumgang. Von wachsendem Verlangen bewegt, schreitet sie dem Baumgang näher und späht zuversichtlicher. Sie winkt mit einem Tuche, erst seltener, dann häufiger, und endlich, in leidenschaftlicher Ungeduld, immer schneller. Eine Gebärde des plötzlichen Entzückens sagt, daß sie den Freund in der Ferne gewahr geworden. Sie streckt sich höher und höher, und, um besser den Raum zu übersehen, eilt sie zur Treppe zurück, von deren oberster Stufe aus sie dem Herannahenden zuwinkt.

イゾルデは松明を地面に投げ,松明はゆっくりと消える*。呆然となったブランゲーネは戸外の階段の方に向かい,鋸壁をめぐらした館の屋上まで登って,おもむろに見えなくなる。イゾルデは,初めはおずおずと木立の方へ聞き耳をたて,窺っていたが,つのる恋しさに衝き動かされて木立に近づき,しだいに確信ありげに窺う。白い布を初めはとぎれとぎれに振っていたが,しだいに振り方が速くなり,とうとう我慢しきれずに情熱をこめてますます激しく振る。突然,イゾルデに歓喜の表情が浮かび,恋人の姿を遠くに認めたことを示す。彼女は精いっぱい伸び上がり,それでも足りずに,辺りをよく見渡せるよう館の階段に急いで戻り,いちばん上の段から,近寄ってくる男に合図する。

TRISTAN (*stürzt herein*)
トリスタン Isolde! Geliebte!
(転がるように入ってくる)
イゾルデ! いとしい女!

ISOLDE (*ihm entgegenspringend*)
イゾルデ Tristan! Geliebter!
(とんでいって迎える)
トリスタン! いとしい人!

(*Stürmische Umarmungen beider, unter denen sie in den Vordergrund gelangen.*)
Bist du mein?
(二人は激しい抱擁に浸りながら,前景へ出て来て)
あなたは私のもの?

TRISTAN Hab'ich dich wieder?
トリスタン きみはまた僕のもの?

ISOLDE Darf ich dich fassen?
イゾルデ あなたを抱けるのね?

TRISTAN Kann ich mir trauen?
トリスタン こうしてよいのだろうか?

---

*訳註) 古代から,松明が逆さになって消えるのは,死の象徴である。

ISOLDE イゾルデ	Endlich! Endlich!	
	とうとうだわ！ とうとう！	
TRISTAN トリスタン	An meiner Brust!	
	僕のこの胸に	
ISOLDE イゾルデ	Fühl' ich dich wirklich?	
	本当にあなたに触れているのかしら？	
TRISTAN トリスタン	Seh' ich dich selber?	
	僕が見ているのはお前なのか？	
ISOLDE イゾルデ	Dies deine Augen?	
	これがあなたの眼？	
TRISTAN トリスタン	Dies dein Mund?	
	これがお前の口？	
ISOLDE イゾルデ	Hier deine Hand?	
	これがあなたの手？	
TRISTAN トリスタン	Hier dein Herz?	
	これがお前の心臓？	
ISOLDE イゾルデ	Bin ich's? Bist du's? Halt' ich dich fest?	
	私はわたし？ あなたはあなた？ しっかりと私が摑んでいるのはあなた？	
TRISTAN トリスタン	Bin ich's? Bist du's? Ist es kein Trug?	
	僕はぼくなのか？ お前はお前か？ 錯覚ではあるまいな？	
BEIDE 二人	Ist es kein Traum? Oh Wonne der Seele,	
	夢ではあるまいか？ ああ，魂の歓喜！	

oh süße, hehrste,
kühnste, schönste,
seligste Lust!

甘く，こよなく気高く，
大胆で，美しい
至福の悦び！

|TRISTAN
トリスタン| Ohne Gleiche!

比べるものがない！

|ISOLDE
イゾルデ| Überreiche!

溢れんばかりの悦び！

|TRISTAN
トリスタン| Überselig!

ありあまる幸せ！

|ISOLDE
イゾルデ| Ewig!

とこしえに！

|TRISTAN
トリスタン| Ewig!

とこしえに！

|ISOLDE
イゾルデ| Ungeahnte,
nie gekannte!

予感もしなかった！
経験もしなかった！

|TRISTAN
トリスタン| Überschwenglich
hoch erhab'ne!

途方もなく
気高い悦びだ！

|ISOLDE
イゾルデ| Freudejauchzen!

歓呼する喜び！

|TRISTAN
トリスタン| Lustentzücken!

有頂天の悦び！

|BEIDE
二人| Himmelhöchstes
Weltentrücken!

この世を離れて
空高く漂う歓喜！

Mein! Tristan/Isolde mein!
Mein und dein!
Ewig, ewig ein! *

私のトリスタン／僕のイゾルデ！
僕（私）のもの，お前（あなた）のもの！
とこしえに，とこしえに一つになって！

ISOLDE
イゾルデ
Wie lange fern!
Wie fern so lang'!

なんと永く離れていたこと！
こんなにも永くなんと離れて！

TRISTAN
トリスタン
Wie weit so nah'!
So nah' wie weit!

こんなに近くで，なんと離れて！
離れていても，こんなに近くに！

ISOLDE
イゾルデ
Oh Freundesfeindin,
böse Ferne!

性悪（しょうわる）な遠さは
あなたのかたき！

Träger Zeiten
zögernde Länge!

だらだらと流れる
時間のいらだたしさ！

TRISTAN
トリスタン
Oh Weit' und Nähe,
hart entzweite!
Holde Nähe!
Öde Weite!

遠さと近さの
天地ほどの違い！
心やさしい近さ！
味気ない遠さ！

ISOLDE
イゾルデ
Im Dunkel du,
im Lichte ich!

あなたは闇の中に，
私は光の中にいたの！

＊訳註）この部分は二人が同じ言葉を追っかけるように何度も繰り返す。

TRISTAN
トリスタン

Das Licht! Das Licht!
Oh dieses Licht,
wie lang' verlosch es nicht!

　その光だ！　光だ！
　この明かりこそ，
　いつになっても消えなかった！

Die Sonne sank,
der Tag verging,
doch seinen Neid
erstickt' er nicht:

　日は沈み，
　昼は去ったのに，
　昼はその妬み心を
　圧し消しはしなかった！

sein scheuchend Zeichen
zündet er an
und steckt's an der Liebsten Türe,
daß nicht ich zu ihr führe.

　昼は嚇しのしるしに
　火をつけて
　いとしい女の門口に挿し，
　僕の足をさまたげた。

ISOLDE
イゾルデ

Doch der Liebsten Hand
löschte das Licht;

　けれど，そのいとしい女の手が
　その明かりを消したのよ。

wes' die Magd sich wehrte,
scheut' ich mich nicht:

　侍女が拒んだことを
　私は恐れはしなかった！

in Frau Minnes Macht und Schutz
bot ich dem Tage Trutz!

　愛の女神の力と庇護を得て
　私は昼に刃向かった！

TRISTAN
トリスタン

Dem Tage! Dem Tage!

　その昼だ！　その昼にだ！

Dem tückischen Tage,
dem härtesten Feinde
Haß und Klage!

　その陰険な昼にこそ，
　非情きわまりない仇敵にこそ
　僕の憎しみと怒りを！

Wie du das Licht,
Oh könnt' ich die Leuchte,
der Liebe Leiden zu rächen,
dem frechen Tage verlöschen!

　お前が松明を消したように，
　恋の苦しみのかたきを討つために
　あつかましい昼の輝きを
　消してやりたい！

Gibt's eine Not,
gibt's eine Pein,
die er nicht weckt
mit seinem Schein?

　昼がその光で
　搔き立てないような
　責め苦が，悩みが
　いったいあるだろうか？

Selbst in der Nacht
dämmernder Pracht
hegt ihn Liebchen am Haus,
streckt mir drohend ihn aus!

　夜の壮麗なとばりが降りてさえ，
　いとしいお前は昼を家に宿らせ，
　嚇しのしるしに
　門口に掲げていた！

ISOLDE
イゾルデ

Hegt ihn die Liebste
am eig'nen Haus,
im eig'nen Herzen
hell und kraus

　いとしい私が昼を
　家に宿らせたとおっしゃるなら，
　自分の胸うちに
　無作法にも，あからさまに

hegt' ihn trotzig
einst mein Trauter:

 あなたも，強情に
 かつて昼を宿らせていたではありませんか。

Tristan, der mich betrog!
War's nicht der Tag,
der aus ihm log,
als er nach Irland
werbend zog,

 私をあざむいたトリスタン！
 アイルランドめざして
 嫁さがしに，やってきたとき，
 あなたに嘘をつかせたのは
 昼ではなかったかしら，

für Marke mich zu frei'n,
dem Tod die Treue zu weih'n?

 マルケの名代(みょうだい)として私に求婚し，
 あなたの誠の女を死の手にゆだねるために？

TRISTAN
トリスタン

Der Tag! Der Tag,

 その昼だ，昼だ！

der dich umgliß,
dahin, wo sie
der Sonne glich,
in höchster Ehren
Glanz und Licht
Isolde mir entrückt'!

 お前を輝きで包み，
 おれから遠ざけて，
 こよない栄誉の光彩のなかで
 太陽の似姿にまでして
 イゾルデをおれから
 切り離したのは！

Was mir das Auge
so entzückt',
mein Herze tief
zur Erde drückt'

 それほどまでに
 おれの眼を魅了したものが，
 おれの心に
 深い屈辱を与えた。

im lichten Tages Schein
wie war Isolde mein?

あの明るい真昼の光のなかで
どうしてイゾルデはおれのものになったろうか？

ISOLDE
イゾルデ

War sie nicht dein,
die dich erkor?

あなたを選んだイゾルデは
あなたのものではなかったの？

Was log der böse
Tag dir vor,
daß, die für dich beschieden,
die Traute du verrietest?

性悪な昼はあなたに
どんな嘘をついて，
あなたのものに決まっていた女を
あなたに裏切らせたの？

TRISTAN
トリスタン

Was dich umgliß
mit hehrster Pracht,
der Ehre Glanz,
des Ruhmes Macht,

華やかな気高さで
お前を包み，輝かせていた，
栄誉の光輝と
名声の力に

an sie mein Herz zu hangen,
hielt mich der Wahn gefangen.

望みを懸けるようにと，
妄想が私をとりこにしたのだ。

Die mit des Schimmers
hellstem Schein
mir Haupt und Scheitel
licht beschien,

こよなく激しい光で
おれの頭上に，
頭頂に
照りつけた

der Welten-Ehren
Tagessonne,
mit ihrer Strahlen
eit'ler Wonne,

　俗世の栄光という

　昼の太陽は,

　虚しい歓喜の

　光線を用いて

durch Haupt und Scheitel
drang mir ein
bis in des Herzens
tiefsten Schrein.

　おれの頭と頭頂から

　浸み入って

　胸の奥底の

　小箱までとどいた。

Was dort in keuscher Nacht
dunkel verschlossen wacht',
was ohne Wiss' und Wahn
ich dämmernd dort empfah'n:

　その奥底の純潔な闇につつまれ,

　守られて目覚めていたのは,

　意識もせず,想像したのでもなく,

　ただ夢うつつで,おれが受け入れていたもの,

ein Bild, das meine Augen
zu schau'n sich nicht getrauten,
von des Tages Schein betroffen
lag mir's da schimmernd offen.

　おれの眼が敢えて見る勇気がなかった

　ひとつの姿,

　その姿があの昼の光に照らし出されて

　その形をきらきらとおれの前に見せていた。

Was mir so rühmlich
schien und hehr,
das rühmt' ich hell
vor allem Heer;

　それほどまでに光栄に満ち,

　気高く見えた,そのお前の姿を

　おれは全軍を前にして

　高らかに讃え,

vor allem Volke
pries ich laut
der Erde schönste
Königsbraut.

 臣民みなを前にして，
 この世の，もっとも美しい
 王の花嫁を
 声高におれは讃美した。

Dem Neid, den mir
der Tag erweckt';
dem Eifer, den
mein Glücke schreckt';

 おれの身に
 昼が降りかからせた妬み，
 おれの幸せがそそった
 人々の憤り，

der Mißgunst, die mir Ehren
und Ruhm begann zu schweren:

 名誉と名声を辛いものに思わせ始めた
 諸人のそねみ，

denen bot ich Trotz,
und treu beschloß,

 そういったすべてに挑戦するかのように，
 おれは，自分の名誉と名声を守るべく，

um Ehr' und Ruhm zu wahren,
nach Irland ich zu fahren.

 王の意を体して，
 アイルランドへ赴く決心を固めた。

ISOLDE / イゾルデ   Oh eit'ler Tagesknecht!

 ああ，昼の虚しい奴隷だったあなた！

Getäuscht von ihm,
der dich getäuscht,
wie mußt' ich liebend
um dich leiden,

 あなたを惑わした昼に
 私も惑わされ，
 あなたを愛しつつも，あなたのため，
 どれほど悩まねばならなかったことかしら！

den, in des Tages
falschem Prangen,
von seines Gleißens
Trug gefangen,

 昼のいつわりの
 栄光に包まれ,
 昼の光輝の
 まやかしに捕えられた, あなたを,

dort, wo ihn Liebe
heiß umfaßte,
im tiefsten Herzen
hell ich haßte.

 愛が熱く抱きしめている,
 この胸の奥底で
 私は激しく
 憎みもしました。

Ach, in des Herzens Grunde
wie schmerzte tief die Wunde!

 ああ, その胸の奥の
 傷がどれほど疼いたことかしら！

Den dort ich heimlich barg,
wie dünkt' er mich so arg,

 こっそりと胸うち深く秘めておいたあなたが,
 なんと酷い人かと思えたのは,

wenn in des Tages Scheine
der treu gehegte Eine
der Liebe Blicken schwand,
als Feind nur vor mir stand!

 変わらぬ心で隠しておいたあなたが
 昼の光のまっただなかでは
 私の愛の眼差しからは消えうせてしまい,
 敵そのものとして私のまえに立ったとさ！

Das als Verräter
dich mir wies,

 裏切り者のあなたの姿を
 私に示した

dem Licht des Tages
wollt' ich entflieh'n,
dorthin in die Nacht
dich mit mir zieh'n,

 その昼の光から
 逃げ出して，
 私もろともに夜の闇へ
 あなたを連れていこうと思った。

wo der Täuschung Ende
mein Herz mir verhieß;
wo des Trugs geahnter
Wahn zerrinne;

 すべての惑いが終わる，と
 私の心が約束し，
 いつわりが描き出す妄想も
 掻き消えてしまうと思える，

dort dir zu trinken
ew'ge Minne,
mit mir dich im Verein
wollt' ich dem Tode weih'n.

 その国で，あなたのために
 永遠の愛の薬を呑み，
 この身と一つに結ばれた
 あなたを死に捧げようと思ったの。

TRISTAN
トリスタン

In deiner Hand
den süßen Tod,
als ich ihn erkannt,
den sie mir bot;

 お前の手の中にあって，
 永遠の愛が差し出すものこそは
 甘い死であると
 悟ったとき，

als mir die Ahnung
hehr und gewiß
zeigte, was mir
die Sühne verhieß:

 和解と償いとを約束する何かが
 おれの直観に
 貴くもたしかに
 示されたとき，

da erdämmerte mild
erhabner Macht
im Busen mir die Nacht;
mein Tag war da vollbracht.

 そのとき，夜はそのおぼろげな姿を
 恵み深く気高い威力をもって
 この胸うちに現した。
 そのとき，おれの昼は終わったのだ。

ISOLDE
イゾルデ

Doch ach, dich täuschte
der falsche Trank,
daß dir von neuem
die Nacht versank;

 ああ，しかし，いつわりの飲み物は
 あなたをたぶらかし，
 夜はまたしても
 あなたから消えていったの。

dem einzig am Tode lag,
den gab er wieder dem Tag!

 死ばかりを心に懸けていたあなたを，
 あの薬は再び昼の手に委ねてしまったの！

TRISTAN
トリスタン

Oh Heil dem Tranke!
Heil seinem Saft!
Heil seines Zaubers
hehrer Kraft!

 おお，その薬こそ讃えたい！
 あの薬液を讃え，
 その貴い魔力を
 褒め讃えよう！

Durch des Todes Tor,
wo er mir floß,
weit und offen
er mir erschloß,

 あの薬がおれに注がれた，
 死の門のむこうに
 あのとき，広々と
 ひらけて見えたものは，

darin ich sonst nur träumend gewacht,
das Wunderreich der Nacht.

 それまで，夢のなかでしか訪れていない，
 あの奇蹟の夜の国だったのだ。

Von dem Bild in des Herzens
bergendem Schrein
scheucht' er des Tages
täuschenden Schein,

 わが胸の小箱に秘めた
 お前の姿から
 あの薬は，昼が付与していた
 いつわりの虚飾を取り払ってくれた，

daß nachtsichtig mein Auge
wahr es zu sehen tauge.

 おれの眼が夜の闇に親しんで
 まことの姿が見られるようにと。

ISOLDE
イゾルデ
Doch es rächte sich
der verscheuchte Tag;
mit deinen Sünden
Rats er pflag:

 けれども，追い払われた昼は
 仕返しを試み，
 あなたの犯した罪について
 思案をめぐらし，

was dir gezeigt
die dämmernde Nacht,
an des Taggestirnes
Königsmacht
mußtest du's übergeben,

 あのおぼろげな夜の闇が
 あなたに見せた姿の，
 このイゾルデを
 昼の星，太陽の王の権力に
 あなたは譲らねばならなくなり，

um einsam
in öder Pracht
schimmernd dort zu leben.

 味気ないきらびやかななりで輝きつつ
 寂しく，そこで
 生きなければならなかった。

Wie ertrug ich's nur?
Wie ertrag' ich's noch?

 そのつらさに私はどうやって耐えたのかしら？
 今なお，どうやって耐えているのかしら？

TRISTAN
トリスタン

Oh, nun waren wir
Nacht-Geweihte!

 ああ，今こそ我らは
 夜に捧げられた身となったのだ！＊

Der tückische Tag,
der neidbereite,
trennen konnt' uns sein Trug,
doch nicht mehr täuschen sein Lug!

 腹黒く，
 妬み好きな昼はその詐術で
 我らを引き離すことができたが，
 もはや，その偽りに我らが乗せられることはない。

Seine eitle Pracht,
seinen prahlenden Schein
verlacht, wem die Nacht
den Blick geweiht:

 昼の空虚な壮麗さも，
 誇大な虚飾も，
 まなざしを夜に清められた
 我らはあざ笑うばかりだ。

seines flackernden Lichtes
flüchtige Blitze
blenden uns nicht mehr.

 昼のゆらめく，
 落ち着きない光芒も
 もはや我らの眼を眩ませはしない。

Wer des Todes Nacht
liebend erschaut,
wem sie ihr tief
Geheimnis vertraut:

 死の夜の闇を
 愛に浸って窺った，
 夜の深い秘密を明かされた
 我らのごとき者。

＊訳註)「夜に捧げられた」とは，ノヴァーリスの『夜の賛歌』第2歌からの引用。

des Tages Lügen,
Ruhm und Ehr',
Macht und Gewinn,
so schimmernd hehr,

　昼の偽り，
　名聞と栄誉，
　威力と名利が
　いかに貴く輝こうと，

wie eitler Staub der Sonnen
sind sie vor dem zersponnen!

　陽の光に浮かぶちりあくたのように
　我らのまえでは雲散霧消してしまう！

In des Tages eit'lem Wähnen
bleibt ihm ein einzig Sehnen —
　昼の徒な妄想に囲まれながら
　ただ一つ心に懸かる憧れは

das Sehnen hin
zur heil'gen Nacht,
wo urewig,
einzig wahr
Liebeswonne ihm lacht!

　聖なる夜への憧れ，
　とこしえに，
　唯一の真実として
　愛の歓喜が微笑みかける
　夜への憧れ！

Tristan zieht Isolde sanft zur Seite auf eine Blumenbank nieder, senkt sich vor ihr auf die Knie und schmiegt sein Haupt in ihrem Arm.

トリスタンはイゾルデをやさしく傍らの花のベンチへ誘い，彼女の前に跪いて，その腕に頭を預ける。

BEIDE　Oh sink' hernieder,
二人　　　Nacht der Liebe,
　　　　gib Vergessen,
　　　　daß ich lebe;

　　　　ああ，降りて来い，
　　　　愛の夜よ，
　　　　生きていることを
　　　　忘れさせよ。

	nimm mich auf in deinen Schoß, löse von der Welt mich los!
	私をお前のふところに 抱き取って この世から 解き放ってくれ！
TRISTAN トリスタン	Verloschen nun die letzte Leuchte;
	夜空に残る 最後の光も消えた。
ISOLDE イゾルデ	was wir dachten, was uns deuchte;
	私たちが考え， 思い浮かべたこと，
TRISTAN トリスタン	all' Gedenken —
	思い起こし，
ISOLDE イゾルデ	all' Gemahnen —
	思いを及ぼすすべてが，
BEIDE 二人	heil'ger Dämmrung hehres Ahnen löscht des Wähnens Graus welterlösend aus.
	聖なる薄明の気高い 予感が， 昼の迷妄の恐ろしさをかき消して 世界への癒しをもたらす。
ISOLDE イゾルデ	Barg im Busen uns sich die Sonne, leuchten lachend Sterne der Wonne.
	私たちの胸に 太陽が沈むと， 歓喜の星たちが 朗らかに輝く。

TRISTAN トリスタン	Von deinem Zauber sanft umsponnen vor deinen Augen süß zerronnen;	

　　お前の魅力に
　　やさしく包まれ，
　　お前の眼差しに
　　甘やかに融けてゆく，

ISOLDE イゾルデ	Herz an Herz dir, Mund an Mund;	

　　私の胸をあなたの胸に，
　　口に口を添わせ，

ISOLDE イゾルデ	eines Atems ein'ger Bund;	

　　息吹きを一つにして，
　　一つの絆に結ばれる。

BEIDE 二人	bricht mein Blick sich wonn'erblindet, erbleicht die Welt mit ihrem Blenden:	

　　歓喜に包まれて
　　眼差しが翳ると，
　　世もそのまばゆさもろとも，
　　色あせてゆく。

ISOLDE イゾルデ	die uns der Tag trügend erhellt,	

　　昼がその偽りの光で
　　照らし出し，

TRISTAN トリスタン	zu täuschendem Wahn entgegengestellt,	

　　迷妄の姿で
　　示していた世界，

BEIDE 二人	selbst dann bin ich die Welt:	

　　たとえそうではあっても，
　　私はその世界。＊

＊訳註）「迷妄」の世界のあらゆる規範を破ることで，自分たちの「愛」に生きる二人の自己実現の極値として，その「世界」の中心となることが，逆説的に歌われる。

wonnehehrstes Weben,
liebeheiligstes Leben,

歓喜はこよなく気高く織りなされ，
愛はこよなく尊く生きられる。

Nie-wieder-Erwachens
wahnlos
holdbewußter Wunsch.

二度と目覚めに煩わされず，
迷妄からはなれる，
情愛をこめた望み。

Tristan und Isolde versinken wie in gänzliche Entrücktheit, in der sie, Haupt an Haupt auf die Blumenbank zurückgelehnt, verweilen.	トリスタンとイゾルデはこの世ならぬ思いに身を浸し，頭を寄せ合って花のベンチにもたれて時を過ごす。

BRANGÄNES STIMME *(von der Zinne her)*
ブランゲーネの声
Einsam wachend
in der Nacht,
wem der Traum
der Liebe lacht,
hab' der einen
Ruf in acht,

（見張りの塔から）
ただ一人，
夜の闇の中で見張りする私，
愛の夢の微笑みを
受ける，お方たち，
この女の声に
注意してください。

die den Schläfern
Schlimmes ahnt,
bange zum
Erwachen mahnt.

まどろむあなた方に
不吉な兆しを感じて
おびえながら
目覚めよ，と忠告します。

Habet acht!
Habet acht!
Bald entweicht die Nacht.

お気をつけください，
お気をつけください，
間もなく，夜が去っていきます。

ISOLDE
イゾルデ
(leise)
Lausch', Geliebter!

(小声で)
お聞きなさい，愛しい人！

TRISTAN
トリスタン
(ebenso)
Laß mich sterben!

(同じく小声で)
このまま死なせてくれ！

ISOLDE
イゾルデ
(allmählich sich ein wenig erhebend)
Neid'sche Wache!

(おもむろに，少し身を起こし)
見張りが妬いている！

TRISTAN
トリスタン
(zurückgelehnt bleibend)
Nie erwachen!

(仰向けのまま)
絶対に起きないぞ！

ISOLDE
イゾルデ
Doch der Tag
muß Tristan wecken?

でも，昼は
トリスタンを起こさずにはおかないわ。

TRISTAN
トリスタン
(ein wenig das Haupt erhebend)
Laß den Tag
dem Tode weichen!

(少し頭をもたげて)
昼なぞ死と向き合わせ，
怯(ひる)ませてしまえ！

ISOLDE イゾルデ	Tag und Tod mit gleichen Streichen sollten uns're Lieb' erreichen?

昼と死が

いちどきに

私たちの愛に

襲いかかるのではないかしら？

TRISTAN トリスタン	*(sich mehr aufrichtend)* Uns're Liebe? Tristans Liebe? Dein' und mein', Isoldes Liebe?

（さらに体を起こし）

おれたちの愛か？

トリスタンの愛か？

お前とおれの愛,

イゾルデの愛か？

Welches Todes Streichen
könnte je sie weichen?

どのような死の打撃とて,

この愛がそれに屈したりしようか？

Stünd' er vor mir,
der mächt'ge Tod,
wie er mir Leib
und Leben bedroht',
die ich so willig
der Liebe lasse,

おれの前に立つのが

その恐ろしい死であって,

愛のためなら

惜しくもない,

この身と命を

脅すとしても,

wie wäre seinen Streichen
die Liebe selbst zu erreichen?

その死の打撃が

どうやってこの愛にまで届こうか？

(Immer inniger mit dem Haupt sich an Isolde schmiegend.)
Stürb' ich nun ihr,
der so gern ich sterbe,

(ますます親しげに頭をイゾルデの身に寄り添わせ)

喜んで死んでやりたい女のため，

このおれが死ぬとて，

wie könnte die Liebe
mit mir sterben,
die ewig lebende
mit mir enden?

どうして愛が

おれと一緒に死のうか，

永遠に生きる愛が

おれと一緒に終わろうか？

Doch stürbe nie seine Liebe,
wie stürbe dann Tristan
seiner Liebe?

だが，おれの愛が死なないのなら，

どうしてトリスタンが

その愛のために死んだりしようか？

ISOLDE
イゾルデ
Doch unsre Liebe,
heißt sie nicht Tristan
und — Isolde?

しかし，私たちの愛は

トリスタン

と，イゾルデという名ではないの？

Dies süße Wörtlein: und,
was es bindet,
der Liebe Bund,

この〈と〉という優しい言葉，

それが結んでいる

愛の絆を，

wenn Tristan stürb',
zerstört' es nicht der Tod?

もしトリスタンが亡くなれば，

死は壊してしまうのでは？

TRISTAN トリスタン	Was stürbe dem Tod, als was uns stört, was Tristan wehrt, Isolde immer zu lieben, ewig ihr nur zu leben?

　　　　死によって消え去るのは，
　　　　おれたちの邪魔をし，
　　　　トリスタンがとこしえにイゾルデを愛し，
　　　　いつまでも彼女のためだけに生きることを
　　　　さまたげる障害ではないだろうか？

ISOLDE イゾルデ	Doch dieses Wörtlein: und — wär' es zerstört, wie anders als mit Isoldes eig'nem Leben wär' Tristan der Tod gegeben?

　　　　けれども，この〈と〉という小さな言葉，
　　　　それが壊されると，
　　　　イゾルデ自身の命についてと
　　　　同じように
　　　　トリスタンにも死が与えられるでしょう？

Tristan zieht, mit bedeutungsvoller Gebärde, Isolde sanft an sich.　　トリスタンは意味ありげにイゾルデを穏やかに我が身に引き寄せる。

TRISTAN トリスタン	So stürben wir um ungetrennt, ewig einig ohne End',

　　　　そうであるなら死のうではないか，
　　　　離れることなく，
　　　　とこしえに一つになって，
　　　　終わりもなく，

　　　　ohn' Erwachen,
　　　　ohn' Erbangen,
　　　　namenlos
　　　　in Lieb' umfangen,

　　　　目覚めもなく，
　　　　怖れもなく，
　　　　言いようもなく
　　　　愛に包まれて，

　　　　　　　　ganz uns selbst gegeben,
　　　　　　　　der Liebe nur zu leben!

　　　　　　　　お互いに身も心も預け合って
　　　　　　　　ただ愛に生きるために！

ISOLDE　　　*(wie in sinnender Entrücktheit zu ihm aufblickend)*
イゾルデ　　So stürben wir,
　　　　　　　　um ungetrennt —

　　　　　　　　(この世ならぬ思いに浸るかのようにトリスタンを見上げ)
　　　　　　　　そうであるなら，死にましょう。
　　　　　　　　離れることなく，

TRISTAN　　ewig einig
トリスタン　ohne End' —

　　　　　　　　とこしえに一つになって，
　　　　　　　　終わりもなく，

ISOLDE　　　ohn' Erwachen —
イゾルデ

　　　　　　　　目覚めもなく，

TRISTAN　　ohn' Erbangen —
トリスタン

　　　　　　　　怖れもなく，

BEIDE　　　 namenlos
二人　　　　in Lieb' umfangen,

　　　　　　　　言いようもなく
　　　　　　　　愛に包まれて，

　　　　　　　　ganz uns selbst gegeben,
　　　　　　　　der Liebe nur zu leben!

　　　　　　　　お互いに身も心も預け合って
　　　　　　　　ただ愛に生きるために！

Isolde neigt wie überwältigt das Haupt an seine Brust.

何かに圧倒されたかのようにイゾルデは頭をトリスタンの胸に預ける。

BRANGÄNES STIMME　*(wie vorher)*
ブランゲーネの声　　Habet acht!
　　　　　　　　　　　　Habet acht!
　　　　　　　　　　　　Schon weicht dem Tag die Nacht.

　　　　　　　　　　　　(前と同様に)
　　　　　　　　　　　　ご用心！
　　　　　　　　　　　　ご用心！
　　　　　　　　　　　　はや昼が夜にとって代わります。

TRISTAN トリスタン	*(lächelnd zu Isolde geneigt)* Soll ich lauschen?	

(イゾルデに微笑みながらかがみこみ)
あの声を聞けというのか？

ISOLDE イゾルデ	*(schwärmerisch zu Tristan aufblickend)* Laß mich sterben!	

(陶然とトリスタンを見上げて)
死なせて！

TRISTAN トリスタン	Muß ich wachen?

起きていろというのか？

ISOLDE イゾルデ	Nie erwachen!

絶対に目覚めないわ！

TRISTAN トリスタン	Soll der Tag noch Tristan wecken?

いまさら昼に
トリスタンを起こさせるのか？

ISOLDE イゾルデ	*(begeistert)* Laß den Tag dem Tode weichen!

(興奮して)
昼なぞ死と向き合わせて，
怯ませてしまえばいい！

TRISTAN トリスタン	Des Tages Dräuen nun trotzten wir so?

昼の脅しなぞ，
こうやって楯突いてやろうか？

ISOLDE イゾルデ	*(mit wachsender Begeisterung)* Seinem Trug ewig zu flieh'n.

(興奮を募らせて)
昼の偽りを永遠に逃れるために！

TRISTAN トリスタン	Sein dämmernder Schein verscheuchte uns nie?

忍び寄る昼のほの明かりに
脅されてたまるものか！

ISOLDE イゾルデ	*(mit großer Gebärde ganz sich erhebend)* Ewig währ' uns die Nacht!	

（大きな身振りですっかり身を起こし）

夜は，私たちのため，永遠に続くといい！

Tristan folgt ihr, sie umfangen sich in schwärmerischer Begeisterung.

トリスタンもイゾルデにならい，二人は陶然と抱き合う。

BEIDE 二人	Oh ew'ge Nacht, süße Nacht! Hehr erhab'ne Liebesnacht!

 ああ，永遠の夜！
 甘い夜！
 崇高な
 愛の夜よ！

Wen du umfangen,
wem du gelacht,
wie wär' ohne Bangen
aus dir er je erwacht?

 お前が抱き締め，
 笑いかけた，その者が
 かつて，お前から目覚めたとき，
 何の不安も抱かなかっただろうか？

Nun banne das Bangen,
holder Tod,
sehnend verlangter
Liebestod!

 さあ，不安を追い払ってくれ，
 優しい死よ，
 憧れ求めた
 愛の死よ！

In deinen Armen
dir geweiht,
ur-heilig Erwarmen,
von Erwachens Not befreit!

 お前の腕に抱かれ，
 お前のために清められ，
 根源の聖なる温もりを得て，
 目覚めの苦しみから解放されたい！

TRISTAN トリスタン	Wie sie fassen, wie sie lassen, diese Wonne — どうやって摑もうか, どうやって捨てようか, この歓喜を──
BEIDE 二人	Fern der Sonne, fern der Tage Trennungsklage! 太陽から遠く, 日々別れる嘆きから 遠く離れて!
ISOLDE イゾルデ	Ohne Wähnen — 迷妄はなく──
TRISTAN トリスタン	sanftes Sehnen; 穏やかに憧れ求める
ISOLDE イゾルデ	Ohne Bangen — 不安はなく──
TRISTAN トリスタン	süß Verlangen. Ohne Wehen — 優しく渇望する。 悲しみはなく──
BEIDE 二人	hehr Vergehen. 崇高に消え去る。
ISOLDE イゾルデ	Ohne Schmachten — 窶れ焦がれることなく──
BEIDE 二人	hold Umnachten. ありがたく魂の闇に身を浸す。
TRISTAN トリスタン	Ohne Meiden — 避け合うことはなく──

BEIDE 二人	Ohne Scheiden, traut allein, ewig heim,	

> 別れることもなく，
> 最愛の二人きりで，
> とこしえに二人だけの領分に留まって，

in ungemess'nen Räumen
übersel'ges Träumen.

> 測り知れぬ広がりのなかで，
> 溢れる幸せの夢に浸る。

TRISTAN トリスタン	Tristan du, ich Isolde, nicht mehr Tristan!	

> お前がトリスタンで，
> おれはイゾルデ，
> もうトリスタンではなく！

ISOLDE イゾルデ	Du Isolde, Tristan ich, nicht mehr Isolde!	

> あなたがイゾルデ，
> トリスタンは私，
> もうイゾルデではなく！

BEIDE 二人	Ohne Nennen, ohne Trennen, neu Erkennen, neu Entbrennen;	

> 名を呼ぶこともなく，
> 離れることもなく，
> 新たに認め合い，
> 新たに燃え上がる。

ewig endlos,
ein-bewußt:

> とこしえに果てなく，
> 意識を一つにして，

heiß erglühter Brust
höchste Liebeslust!

> 灼熱する胸の
> こよなく高い愛の悦び！

Sie bleiben in verzückter Stellung. Brangäne stößt einen grellen Schrei aus. Kurwenal stürzt mit entblößtem Schwert herein.

二人は恍惚とした姿勢で立ち尽くす。ブランゲーネがけたたましい叫びをあげる。クルヴェナルが抜身の剣を引っさげて転がり込んでくる。

Dritte Szene 第3場

Die Vorigen. Kurwenal. Brangäne. Marke. Melot. Hofleute.

前場の人々。クルヴェナル。ブランゲーネ。マルケ，メーロトと家臣たち。

KURWENAL　Rette dich, Tristan!
クルヴェナル
　　　逃げなさい，トリスタン！

Er blickt mit Entsetzen hinter sich in die Szene zurück. Marke, Melot und Hofleute, in Jägertracht, kommen aus dem Baumgange lebhaft nach dem Vordergrunde und halten entsetzt der Gruppe der Liebenden gegenüber an. Brangäne kommt zugleich von der Zinne herab und stürzt auf Isolde zu. Diese, von unwillkürlicher Scham ergriffen, lehnt sich, mit abgewandtem Gesicht, auf die Blumenbank. Tristan, in ebenfalls unwillkürlicher Bewegung, streckt mit dem einen Arm den Mantel breit aus, so daß er Isolde vor den Blicken der Ankommenden verdeckt. In dieser Stellung verbleibt er längere Zeit, unbeweglich den starren Blick auf die Männer gerichtet, die in verschiedener Bewegung die Augen auf ihn heften. Morgendämmerung.

クルヴェナルは背景を振りかえり愕然とする。マルケ，メーロトと家臣たちが狩の装束で，勢い激しく木立から出てきて，恋人たちと向かい合って立ち止まり，仰天。それと同時に，ブランゲーネも見張りの塔から下りてきて，イゾルデに駆け寄る。イゾルデは思わず知らず恥ずかしさを覚えて，顔をそらし，花のベンチにもたれる。トリスタンも，思わず腕を伸ばしてマントを広げ，到着した男たちの視線からイゾルデを守る。その姿勢のまま，トリスタンはしばらく立ち尽くし，眼差しをひたと男たちに向けたまま。男たちもめいめい様々に動き回りながらトリスタンを眼からはずさない。夜がしらしらと明け初める。

TRISTAN　*(nach längerem Schweigen)*
トリスタン　Der öde Tag
　　　zum letztenmal!

　　　（しばしの沈黙の後）
　　　味気ない昼の光も
　　　これが見納めか！

MELOT　*(zu Marke)*
メーロト　Das sollst du, Herr, mir sagen,
　　　ob ich ihn recht verklagt?

　　　（マルケに向いて）
　　　殿，どうかおっしゃってください，
　　　手前の告発は正当であった，と！

　　　Das dir zum Pfand ich gab,
　　　ob ich mein Haupt gewahrt?
　　　その保証にかけた手前の首は
　　　失わずともようございますね？

Ich zeigt' ihn dir
in off'ner Tat:

 この男の抜き差しならぬ現場を
 お見せ申しました。

Namen und Ehr'
hab' ich getreu
vor Schande dir bewahrt.

 殿のお名前と名誉をば，
 臣下の義務として，
 恥辱からお守り申し上げたのです。

MARKE　*(nach tiefer Erschütterung, mit bebender Stimme)*
マルケ　Tatest du's wirklich?
Wähn'st du das?

 （深い衝撃を受けて，震える声で）
 本当にそうしてくれたのか？
 そうした，と思い込んでいるのか？

Sieh' ihn dort,
den treu'sten aller Treuen;
blick' auf ihn,
den freundlichsten der Freunde:

 見るがよい，あそこにいる男を，
 忠実な臣下のなかでも最も忠実だった男を！
 あの男を見よ，
 友のうちでも最も友情の厚かった男を！

seiner Treue
frei'ste Tat
traf mein Herz
mit feindlichstem Verrat!

 彼の忠誠の
 奔放この上ない行為が
 この上ない裏切りとなって
 我が胸を撃ったのだ！

Trog mich Tristan,
sollt' ich hoffen,
was sein Trügen
mir getroffen,

 トリスタンが私を欺いたとしても，
 お前は私に望めと言うのか，
 トリスタンの裏切りが
 私に与えた傷は，

sei durch Melots Rat
redlich mir bewahrt?

メーロト，お前の忠言が，
見事に償った，ということを？

TRISTAN
トリスタン

(krampfhaft, heftig)
Tagsgespenster!
Morgenträume!
Täuschend und wüst!
Entschwebt! Entweicht!

(激しく，吐き出すように)
昼の化け物たちよ！
暁の夢よ！
縺れ乱れて，おれを惑わそうとするのか！
消えてしまえ，行ってしまえ！

MARKE
マルケ

(mit tiefer Ergriffenheit)
Mir dies?
Dies, Tristan, mir? —
Wohin nun Treue,
da Tristan mich betrog?

(痛切な打撃をうけ)
私にか，それは？
それは，トリスタン，私に向けてか？
忠誠など，どこにある，
トリスタンが私を謀ったのなら？

Wohin nun Ehr'
und echte Art,
da aller Ehren Hort,
da Tristan sie verlor?

名誉と廉直さとは，
どこへ行った？
なべての名誉の護り手だったトリスタンが
それらを失くしたからには。

Die Tristan sich
zum Schild erkor,
wohin ist Tugend
nun entfloh'n,

トリスタンが護りの
楯の印にとも選んだ美徳，
それはどこへ
姿を消したのか？

da meinen Freund sie flieht,
da Tristan mich verriet?
(Tristan senkt langsam den Blick zu Boden; in seinen Mienen ist, während Marke fortfährt. zunehmende Trauer zu lesen.)

美徳が我が友を捨て，

トリスタンが私を裏切ったからには。

(マルケが語り続ける間，トリスタンはおもむろに眼差しを伏せるが，その表情には悲痛さの影がしだいに濃くなる)

Wozu die Dienste
ohne Zahl,
der Ehren Ruhm,
der Größe Macht,
die Marken du gewannst;

何のための，数知れぬ

手柄だったのか，

名誉と名声，そして，壮大な権力，

お前がマルケのために

勝ち得てくれたすべては？

mußt' Ehr' und Ruhm,
Größ' und Macht,
mußte die Dienste
ohne Zahl
dir Markes Schmach bezahlen?

名誉と名声，

偉大さと権勢，

数知れぬ手柄などは，

マルケの恥辱で

贖うことに，なっていたのか？

Dünkte zu wenig
dich sein Dank,
daß, was du ihm erworben,
Ruhm und Reich,
er zu Erb' und Eigen dir gab?

そのお前には不足に思えたのか，

マルケの感謝が，

お前がマルケのために勝ち得てくれた，

名声と国土をば，

遺産としてお前に与えたというのに？

Da kinderlos einst
schwand sein Weib,
so liebt' er dich,
daß nie aufs neu'
sich Marke wollt' vermählen.

　妃が子を残さずに
　みまかったために，
　マルケはお前を愛して，
　再び娶るまいと，
　望んだのだ。

Da alles Volk
zu Hof und Land
mit Bitt' und Dräuen
in ihn drang,

　臣民の誰もが
　廷臣であろうと，庶民であろうと，
　哀願し，懇願して，
　王に迫ったとき，──

die Königin dem Lande,
die Gattin sich zu kiesen;

　国のためには王妃を，
　自らのためには妻を選べと。

da selber du
den Ohm beschworst,
des Hofes Wunsch,
des Landes Willen
gütlich zu erfüllen;

　お前自身までが，
　この伯父に切願したとき，──
　宮廷の望みを，
　庶民の意思を
　快くかなえるようにし。

in Wehr wider Hof und Land,
in Wehr selbst gegen dich,
mit List und Güte
weigerte er sich,

　廷臣にも，庶民にも抗い，
　お前にすら逆らって，
　計略と好意を使い分け，
　結婚を拒み続けていたおり，

bis, Tristan, du ihm drohtest,
für immer zu meiden
Hof und Land,
würdest du selber
nicht entsandt,
dem König die Braut zu frei'n.

　ついにトリスタンは王を脅迫し，

　宮廷と国土に

　永の暇乞いする他はない，と述べた，

　王のため，

　花嫁探しに

　派遣されるのでなければ，と。

Da ließ er's denn so sein. —
Dies wunderhehre Weib,
das mir dein Mut gewann,

　そこで，マルケは承諾したのだ。

　お前の勇気が勝ち得てきた，

　この見事な女，

wer durft' es sehen,
wer es kennen,
wer mit Stolze
sein es nennen,
ohne selig sich zu preisen?

　誰が，この女を見て，

　この女を知って，

　誇りをもって，

　自分の女と呼んで

　おのれの幸せを思わずにいられたろうか？

Der mein Wille
nie zu nahen wagte,
der mein Wunsch
ehrfurchtsscheu entsagte,

　私が願ってはいたが，

　敢えて近づかなかった，

　望んではいたが，

　畏れ遠ざけ諦めていた女。

die so herrlich
hold erhaben
mir die Seele
mußte laben,

　その輝かしさ,
　情愛の気高さで
　私の魂を慰めずには
　いなかった女。

trotz Feind und Gefahr,
die fürstliche Braut
brachtest du mir dar.

　敵と危険を物ともせず,
　この素晴らしい王女を
　花嫁として私にお前はもたらしてくれた。

Nun, da durch solchen
Besitz mein Herz
du fühlsamer schufst
als sonst dem Schmerz,

　このような佳人を得た
　私の心をお前は,
　普段より痛みに
　感じやすくしてくれたのだ。

dort, wo am weichsten,
zart und offen,
würd' es getroffen,
nie zu hoffen,
daß je ich könnte gesunden:

　その, こよなく柔らかで
　繊細にむき出しのところを
　傷つけられれば,
　もはや望めまい,
　この傷が癒えるとは。

warum so sehrend,
Unsellger,
dort nun mich verwunden?

　なぜに, これほどいたく,
　因果なお前よ, いまさら
　そこを傷つけるのか？

Dort mit der Waffe
quälendem Gift,
das Sinn und Hirn
mir sengend versehrt,
das mir dem Freund
die Treue verwehrt,

　お前の揮った,
　毒の塗られた刃は,
　感覚も脳髄も
　灼き尽くし,
　私の, 友への誠実さも
　失わせるものだった。

mein offnes Herz
erfüllt mit Verdacht,
daß ich nun heimlich
in dunkler Nacht
den Freund lauschend beschleiche,
meiner Ehren Ende erreiche?

　私の無防備の心を
　疑念で充たし,
　ために私はこうして,
　こっそりと暗い闇のなか,
　友の姿を窺い歩き,
　面目に止めを刺される破目になった。

Die kein Himmel erlöst,
warum mir diese Hölle?

　いかなる天も救えぬほどの,
　地獄を, なぜ私に与えた?

Die kein Elend sühnt,
warum mir diese Schmach?

　どれほどの苦しみも償ってはくれぬ,
　恥辱を, なぜ私にくれた?

Den unerforschlich tief
geheimnisvollen Grund,
wer macht der Welt ihn kund?

　究めがたく深い, 謎にみちた
　そのわけを,
　誰が, 世に明かすのか?

TRISTAN	(mitleidig das Auge zu Marke erhebend)
トリスタン	Oh König, das kann ich dir nicht sagen; und was du frägst, das kannst du nie erfahren.

(同情の眼差しをマルケに上げて)

王よ，それを
申し上げることはできません。
そして，お尋ねの答えを
あなたが知ることは決してありますまい。

(Er wendet sich zu Isolde, die sehnsüchtig zu ihm aufblickt.)
Wohin nun Tristan scheidet,
willst du, Isold', ihm folgen?

(トリスタンは，自分を切望の眼差しで見上げるイゾルデに向き直り)

これから，トリスタンが別れ去っていく先へ，
イゾルデよ，お前もついて来るか？

Dem Land, das Tristan meint,
der Sonne Licht nicht scheint:

トリスタンの思うのは
陽の光の射さぬ国。

es ist das dunkel
nächt'ge Land,
daraus die Mutter
mich entsandt,

その暗い
夜の国こそ，
そこから母がおれを
送り出したところだ。

als, den im Tode
sie empfangen,
im Tod sie ließ
an das Licht gelangen.

死に囲まれて
おれをみごもり，
息絶えながら
光のもとへおれを送り出した。

Was, da sie mich gebar,
ihr Liebesberge war,

おれを身ごもったときの
母の愛の隠れ家こそは，

das Wunderreich der Nacht,
aus der ich einst erwacht:

夜の奇蹟の国で,
その闇から,おれは目覚めたのだった。

das bietet dir Tristan,
dahin geht er voran:

その国をこそ,お前に見せたい,
おれが先立って行く,その国を。

ob sie ihm folge
treu und hold —
das sag' ihm nun Isold'!

イゾルデはトリスタンに
誠実に,やさしく従っていくか,
さあ,それを答えてくれ!

ISOLDE
イゾルデ

Als für ein fremdes Land
der Freund sie einstens warb,

かつて見も知らぬ国のため,
恋人よ,あなたがイゾルデを求めたとき,

dem Unholden
treu und hold
mußt' Isolde folgen.

無情なあなたに,
誠実に,やさしく
イゾルデは従っていくほかなかったのです。

Nun führst du in dein Eigen,
dein Erbe mir zu zeigen;

いま,あなたはご自身の国へいざなって,
代々,受け継いだ領分を示そうとなさる。

wie flöh' ich wohl das Land,
das alle Welt umspannt?

どうして,私がその国を避けましょうか,
世のすべてを抱きかかえている,その国を?

Wo Tristans Haus und Heim,
da kehr' Isolde ein:

トリスタンの家とふるさとのあるところへ,
イゾルデは参りましょう。

auf dem sie folge
treu und hold,
den Weg nun zeig' Isold'!

私が，
誠実に，やさしく従ってゆく，
その路を，どうかイゾルデに教えてください！

Tristan neigt sich langsam über sie und küßt sie sanft auf die Stirn. — Melot fährt wütend auf.

トリスタンはゆっくりとイゾルデの上にかがみ込み，その額に穏やかに接吻を与える。── メーロトはかっと怒り立つ。

MELOT
メーロト

(das Schwert ziehend)
Verräter! Ha!
Zur Rache, König!
Duldest du diese Schmach?

（剣を抜きつつ）
裏切り者め，おい！
復讐ですぞ，王様，
この恥辱を我慢なさるのか？

TRISTAN
トリスタン

(Tristan zieht sein Schwert und wendet sich schnell um.)
Wer wagt sein Leben an das meine?
(Er heftet den Blick auf Melot.)

（トリスタンも剣を抜き，素早く振り向く）
おれの命に命かけていどむのは誰か？
（眼差しをメーロトに当てて）

Mein Freund war der,
er minnte mich hoch und teuer;
um Ehr' und Ruhm
mir war er besorgt wie keiner.

こいつこそ，おれの友だったのだ，
おれのことを大事に思ってくれ，
彼ほどに，おれの名誉と名聞を
気遣ってくれた奴もいない。

Zum Übermut
trieb er mein Herz,
die Schar führt' er,
die mich gedrängt,

その彼が不遜へと
おれの心を駆り立て，
おれにせっつく者どもの
先頭にたち，

Ehr' und Ruhm mir zu mehren,
dem König dich zu vermählen!

おれの名誉と名聞を増すため，
王にお前を娶らせるように迫ったのだ！

Dein Blick, Isolde,
blendet' auch ihn;

お前の眼差しは，イゾルデ，
奴の心をも惑わした。

aus Eifer verriet
mich der Freund
dem König, den ich verriet!

妬み心から友は
おれを王に密告し，
その王をおれは裏切ったのだ！

(Er drängt auf Melot ein.)
Wehr dich, Melot!

（トリスタンはメーロトに襲いかかる）
ゆくぞ，メーロト！

Als Melot ihm das Schwert entgegenstreckt, läßt Tristan das seinige fallen und sinkt verwundet in Kurwenals Arme. Isolde stürzt sich an seine Brust. Marke hält Melot zurück. Der Vorhang fällt schnell.

メーロトが剣をトリスタンに向け，突きを入れると，トリスタンは剣を落とし，傷を負って＊クルヴェナルの腕に倒れる。イゾルデはトリスタンの胸にすがる。マルケはメーロトを引き止める。すばやく幕が下りる。

＊訳註）トリスタンは，当時の習慣として，相手の剣に毒が塗ってあるのを知っていた（すでにモーロルトの剣に彼は傷ついている，49ページの註を参照のこと）が，敢えてその刃に飛びこんだのは，死を覚悟していたためと考えられる。

# 第3幕
Dritter Aufzug

Erste Szene 第1場

Der Hirt. Kurwenal. Tristan.　　羊飼い，クルヴェナル，トリスタン。

Burggarten. Zur einen Seite hohe Burggebäude, zur andren eine niedrige Mauerbrüstung, von einer Warte unterbrochen; im Hintergrunde das Burgtor. Die Lage ist auf felsiger Höhe anzunehmen; durch Öffnungen blickt man auf einen weiten Meereshorizont. Das Ganze macht den Eindruck der Herrenlosigkeit, übel gepflegt, hie und da schadhaft und bewachsen. Im Vordergrunde, an der inneren Seite, liegt Tristan, unter dem Schatten einer großen Linde, auf einem Ruhebett schlafend, wie leblos ausgestreckt. Zu Häupten ihm sitzt Kurwenal, in Schmerz über ihn hingebeugt und sorgsam seinem Atem lauschend. Von der Außenseite her hört man, beim Aufziehen des Vorhanges, einen Hirtenreigen, sehnsüchtig und traurig auf einer Schalmei geblasen. Endlich erscheint der Hirt selbst mit dem Oberleibe über der Mauerbrüstung und blickt teilnehmend herein.

城の庭。舞台の片側には，丈高い城の建物。反対側には低い胸壁が，中に物見の塔を挟んで続く。奥には，城の門。城は岩壁の高みに築かれてある様子。所々のすきまから海の広い水平線が見渡される。庭と館は主人の不在を思わせる雰囲気があり，手入れが悪く，あちこちに壊れも目立ち，草が生えている。前景の中側に，大きなリンデの樹の下，寝椅子の上に，死んだように身をのばして眠っているのがトリスタン。彼の枕もとに腰掛け，心痛のあまり，主人の方にかがみ込み，注意深く寝息をうかがっているクルヴェナル。幕が上がると，外の方から，哀しく，憧れをこめた羊飼いの輪舞の調べがシャルマイに吹かれて聞こえてくる。最後に羊飼い自身が上半身を胸壁ごしに現し，同情の面持ちでのぞきこむ。

HIRT　*(leise)*
羊飼い　Kurwenal! He!
　　　　Sag', Kurwenal!
　　　　Hör' doch, Freund!

（小声で）
おい，クルヴェナル，
クルヴェナル，
聞いてくれ！

(Kurwenal wendet ein wenig das Haupt nach ihm.)
Wacht er noch nicht?

（クルヴェナルは心持ち羊飼いの方に振り向く）
この方はまだ目を覚まさないのかい？

KURWENAL　*(schüttelt traurig mit dem Kopf)*
クルヴェナル　Erwachte er,
　　　　　　　wär's doch nur,
　　　　　　　um für immer zu verscheiden:

（哀しげにかぶりを振って）
目を覚ますとすれば，
それはこの世に
とわの別れを告げるときだけだ！

erschien zuvor
die Ärztin nicht,
die einz'ge, die uns hilft. —

　　もっとも，その前に
　　あの医者が現れてくれたら，話は別だが，
　　ただ一人，我らの助けになる婦人が——

Sahst du noch nichts?
Kein Schiff noch auf der See?

　　まだ何も見えなかったか？
　　沖に船は現れないか？

HIRT Eine and're Weise
羊飼い　hörtest du dann,
so lustig, als ich sie nur kann.

　　そのときは
　　別の調べを吹くさ，
　　できる限り楽しい節で。

Nun sag' auch ehrlich,
alter Freund:
was hat's mit unserm Herrn?

　　正直に教えてくれ，
　　友よ，
　　城主様の病気は何なのだ？

KURWENAL Laß die Frage:
クルヴェナル　du kannst's doch nie erfahren.
Eifrig späh',
und siehst du ein Schiff,
so spiele lustig und hell!

　　そんな詮索はやめろ！
　　いつになろうと，お前が知ることはあるまい！
　　それより，熱心に見張れ，
　　そして船が見えたら，
　　楽しい，鮮やかな節を吹いてくれ！

HIRT *(Der Hirt wendet sich und späht, mit der Hand überm Auge, nach dem Meer aus.)*
羊飼い　Öd' und leer das Meer!
(Er setzt die Schalmei an den Mund und entfernt sich blasend.)

　　（ふり返り，手をかざして海の方をうかがう）
　　寂しく，味気なく広がる海！
　　（シャルマイをかまえ，吹きながら遠ざかる）

TRISTAN トリスタン	*(bewegungslos, dumpf)* Die alte Weise — was weckt sie mich?	

（無表情に，つぶやくように）
懐かしい調べだ——
なぜ，私を起こしたのだろう？

KURWENAL クルヴェナル	*(fährt erschrocken auf)* Ha!	

（愕然として，立ちあがる）
おお！

TRISTAN トリスタン	*(schlägt die Augen auf und wendet das Haupt ein wenig)* Wo bin ich?	

（眼をあけて，頭を心持ち動かし）
私はどこにいる？

KURWENAL クルヴェナル	Ha! Diese Stimme! Seine Stimme! Tristan! Herre! Mein Held! Mein Tristan!	

ああ！　この声だ！
この方の声だ！
トリスタン，ご主人様，
わが勇士，トリスタン様！

TRISTAN トリスタン	*(mit Anstrengung)* Wer ruft mich?	

（苦しげに）
私を呼ぶのは誰だ？

KURWENAL クルヴェナル	Endlich! Endlich! Leben, o Leben! Süßes Leben, meinem Tristan neu gegeben!	

とうとう！　ついにだ！
生命だ，命だ！
快い命が
わがトリスタンによみがえったのだ！

TRISTAN トリスタン	*(ein wenig auf dem Lager sich erhebend, matt)* Kurwenal — du?	

（床の上で心持ち体を起こし，疲れた声で）
クルヴェナル——お前か？

Wo war ich?
Wo bin ich?

どこへ，私は行っていた？
いま，どこにいる？

KURWENAL
クルヴェナル

Wo du bist?
In Frieden, sicher und frei!
Kareol, Herr:
kennst du die Burg
der Väter nicht?

どこにいらっしゃるって？
平和に包まれ，安全で自由のお体ですよ！
カレオールです，
ご存知でしょう？
この，ご先祖伝来の城は。

TRISTAN
トリスタン

Meiner Väter?

ご先祖だと？

KURWENAL
クルヴェナル

Sieh' dich nur um!

見回してごらんなさい！

TRISTAN
トリスタン

Was erklang mir?

聞こえていたのは何の調べだ？

KURWENAL
クルヴェナル

Des Hirten Weise
hörtest du wieder,
am Hügel ab
hütet er deine Herde.

羊飼いの調べです，
お聞きになったのは。
丘の斜面で
あなたの羊の群れを飼っています。

TRISTAN
トリスタン

Meine Herde?

私の羊だと？

KURWENAL
クルヴェナル

Herr, das mein' ich!

そうですとも！

Dein das Haus,
Hof und Burg!

あなたの物です，
この建物，庭も，砦(とりで)も！

Das Volk, getreu
dem trauten Herrn,
so gut es konnt',
hat's Haus und Hof gepflegt,

 領民たちは
 懐かしい主君のため，
 ありったけの真心で，
 この屋敷を守ってきたのです。

das einst mein Held
zu Erb' und Eigen
an Leut' und Volk verschenkt,

 わが勇士がかつて
 遺産として
 臣下や領民たちに贈与なさった城です，

als alles er verließ,
in fremde Land' zu zieh'n.

 すべてを遺して
 異国へ渡るときに！

TRISTAN / トリスタン　In welches Land?

 どの国へだ？

KURWENAL / クルヴェナル　Hei! Nach Kornwall:

 なんと！　コーンウォルへですよ！

kühn und wonnig,
was sich da Glanzes,
Glückes und Ehren
Tristan, mein Held, hehr ertrotzt!

 大胆で，楽しげに
 どれほどの栄光と，
 幸せと名誉を
 わが勇士，トリスタンは勝ち得たことでしょう。

TRISTAN / トリスタン　Bin ich in Kornwall?

 私はコーンウォルにいるのだな？

KURWENAL / クルヴェナル　Nicht doch: in Kareol!

 とんでもない，カレオールですよ！

TRISTAN / トリスタン　Wie kam ich her?

 どうやって，ここへ？

| KURWENAL クルヴェナル | Hei nun! Wie du kamst?
Zu Roß rittest du nicht;
ein Schifflein führte dich her. |

おやまあ，どうやって来たかなどと！
馬でいらっしたのではありません。
小舟が運んで来ました。

Doch zu dem Schifflein
hier auf den Schultern
trug ich dich; die sind breit,
sie trugen dich dort zum Strand.
Nun bist du daheim, daheim zu Land:

だが，その小舟までは
この肩にかついで
私が運びました。この広い肩が
かの国の浜まで運びました。
いまや，あなたは故郷のこの国にいるのです！

im echten Land,
im Heimatland;

本当のお国に，
故郷の国に！

auf eigner Weid' und Wonne,*
im Schein der alten Sonne,
darin von Tod und Wunden
du selig sollst gesunden.
(Er schmiegt sich an Tristans Brust.)

みずからの喜びの牧場にいて，
昔ながらの陽の光を浴び，
死の深傷（ふかで）から
幸せに癒えていただきたいのです。
（トリスタンの胸に身を寄せる）

| TRISTAN トリスタン | *(nach einem kleinen Schweigen)*
Dünkt dich das?
Ich weiß es anders,
doch kann ich's dir nicht sagen. |

（短い沈黙の後で）
お前には，そう思えるのか？
私に分かっていることとは違うのだが，
それを，お前に言うわけにはいかない。

＊訳註）Weide（牧場）には，Wonne に通じる「喜ばせるもの」の意味もあり，この行は一種の掛けことばになっている。

Wo ich erwacht —
weilt' ich nicht;
doch, wo ich weilte,
das kann ich dir nicht sagen.

> 私が目覚めた場所 ——
> 私はそこにいたのではなかった。
> だが，私がいた場所を
> お前に言うわけにはいかない。

Die Sonne sah ich nicht,
noch sah ich Land und Leute:
doch, was ich sah,
das kann ich dir nicht sagen.

> 太陽は見えなかったし，
> 国土も領民も見えなかった。
> だが，私が何を見たか，
> お前に言うわけにはいかない。

Ich war,
wo ich von je gewesen,
wohin auf je ich geh':

> 私がいたのは，
> かねてから私がいたところ，
> いずれ私が赴く先，

im weiten Reich
der Weltennacht.

> 宇宙を包む，広い
> 夜の闇の国だった。

Nur ein Wissen
dort uns eigen:
göttlich ew'ges
Urvergessen!

> そこで我らに属する
> 唯一の知識とは，
> 神々しく，永遠な，
> すべてに先立つ忘却だ！

Wie schwand mir seine Ahnung?
Sehnsücht'ge Mahnung,
nenn' ich dich,

> あの国のおぼろげな記憶はなぜ消えた？
> それを，憧れの促しと
> 私は呼んでみようか？

die neu dem Licht
des Tags mich zugetrieben?

　それこそ，私を
　新たに昼の光のもとへ押しやったのだった。

Was einzig mir geblieben,
ein heiß-inbrünstig Lieben,
aus Todes-Wonne-Grauen
jagt's mich, das Licht zu schauen,

　我が身に唯一残った，
　灼けるように熱い愛，
　それが，死と歓喜と戦慄の国から
　光を見よと，私を追い立てたのだった，

das trügend hell und golden
noch dir, Isolden, scheint!
(Kurwenal birgt, von Grausen gepackt, sein Haupt. Tristan richtet sich allmählich immer mehr auf)

　なんじイゾルデを偽りの黄金色で
　なお包み，輝いている光を！
　(クルヴェナルは戦きにとらえられて，顔を覆う。トリスタンは次第に身を起こす)

Isolde noch
im Reich der Sonne!

　イゾルデはまだ，
　太陽の国にいる！

Im Tagesschimmer
noch Isolde!

　まだ，昼の光を浴びている
　イゾルデ！

Welches Sehnen!
Welches Bangen!
Sie zu sehen,
welch Verlangen!

　なんという憧れ！
　なんという不安！
　イゾルデに会おうという，
　強い願い！

Krachend hört' ich
hinter mir
schon des Todes
Tor sich schließen:

  轟然と音立てて
  私の背後ですでに
  死の門が閉まるのが
  聞こえた。

weit nun steht es
wieder offen,
der Sonne Strahlen
sprengt' es auf;

  その門はいまや，
  ふたたび大きく開いている。
  太陽の光がそれを
  跳ね開かせたのだ。

mit hell erschloss'nen Augen
mußt' ich der Nacht enttauchen:

  私は，かっと眼を見開いたまま，
  夜の底から浮かび上がってこなければならなかった。

sie zu suchen,
sie zu sehen;
sie zu finden,
in der einzig
zu vergehen,
zu entschwinden
Tristan ist vergönnt.

  彼女を求め，
  見とめ，
  見出し，
  ただ彼女のうちに
  浸り沈み，
  消えていくことが
  トリスタンに許されている。

Weh', nun wächst,
bleich und bang,
mir des Tages
wilder Drang;

  忌々しいことに，
  白々しくも，昼がこの身に加える，
  荒々しい暴力が
  つのってくる。

grell und täuschend
sein Gestirn
weckt zu Trug
und Wahn mir das Hirn!

　偽りに満ちた，強烈な
　昼の星，太陽の光が
　私の脳髄を覚まし，
　錯覚と迷妄へと追いやる。

Verfluchter Tag
mit deinem Schein!
Wachst du ewig
meiner Pein?

　呪わしいのは，
　昼とその輝き！
　お前は，とこしえに眠らず
　私の痛みを見張るのか？

Brennt sie ewig,
diese Leuchte,
die selbst nachts
von ihr mich scheuchte?

　あの松明は
　とこしえに燃えているのか，
　夜でさえも，彼女から
　私を追い払った明かりは？

Ach, Isolde,
süße Holde!

　ああ，イゾルデ！
　やさしく情の深い女よ！

Wann endlich,
wann, ach wann
löschest du die Zünde,
daß sie mein Glück mir künde?

　いつ，いつ，
　いつになったら，ああ，
　お前はついにあの明かりを消して
　私の幸せを告げてくれるのか？

Das Licht — wann löscht es aus?
(Er sinkt erschöpft leise zurück.)

　あの光——それが消えるのは，いつか？
　（トリスタンは力を使い果たして，あお向けに倒れる）

Wann wird es Nacht im Haus?

この屋敷に闇が訪れるのはいつなのか？

KURWENAL
クルヴェナル

(nach großer Erschütterung aus der Niedergeschlagenheit sich aufraffend)
Der einst ich trotzt',
aus Treu' zu dir,
mit dir nach ihr
nun muß ich mich sehnen.

(強い衝撃を受けたが，気を取り直して)

イゾルデ様を，この私があなどったのは，
あなたへの忠誠心からでした。
今や，あなたと共に，あの方を
待ち焦がれずにはいられません。

Glaub' meinem Wort:
du sollst sie sehen
hier und heut';

私の言葉に嘘はありません，
会わせてあげますとも，
今日，この場所で！

den Trost kann ich dir geben —
ist sie nur selbst noch am Leben.

これが，私からお受けになれる慰めです，
ただ，あの方がまだ生きていらっしゃるとしてですが。

TRISTAN
トリスタン

(sehr matt)
Noch losch das Licht nicht aus,
noch ward's nicht Nacht im Haus:

(ひどく力のない声で)

まだ光は消えてなかったのか，
屋敷に闇は訪れていなかったのか。

Isolde lebt und wacht;
sie rief mich aus der Nacht.

イゾルデは生きて，眠らずにいる。
彼女が私を闇の中から呼び覚ましてくれたのだ。

KURWENAL
クルヴェナル

Lebt sie denn,
so laß dir Hoffnung lachen!

イゾルデ様が生きておいでなら，
希望もあなたに微笑みかけると言うものです。

Muß Kurwenal dumm dir gelten,
heut' sollst du ihn nicht schelten.

クルヴェナルが愚かなことを言うと思われても，
今日のところは，お叱りはご免こうむります。

**Wie tot lagst du
seit dem Tag,
da Melot, der Verruchte,
dir eine Wunde schlug.**

 死んだようにあなたは伏せってられましたよ，
 あの日，
 忌々しいメーロトが
 あなたを傷つけたときから。

**Die böse Wunde,
wie sie heilen?**

 たちの悪いこの傷を
 どうやって治したらよいのか？

**Mir tör'gem Manne
dünkt' es da,**

 この愚かな家来めに
 浮かんだ知恵がございます，

**wer einst dir Morolds
Wunde schloß,
der heilte leicht die Plagen,
von Melots Wehr geschlagen.**

 昔，あなたがモーロルトから
 受けた傷をとざした方なら，
 たやすく治してしまうのではありませんか，
 メーロトの刃の残した災いなどは。

**Die beste Ärztin
bald ich fand;
nach Kornwall hab' ich
ausgesandt:**

 この上ない名医を
 私はすぐに見つけました。
 コーンウォルに
 遣わした使いの者，

**ein treuer Mann
wohl übers Meer
bringt dir Isolden her.**

 忠実な男が
 つつがなく海を渡って
 イゾルデ様をあなたのもとにお連れするでしょう。

TRISTAN
トリスタン

(außer sich)
Isolde kommt!
Isolde naht!

(我を忘れて)
イゾルデが来るのだ！
イゾルデが近づく！

(Er ringt gleichsam nach Sprache.)
O Treue! Hehre,
holde Treue!
(Er zieht Kurwenal an sich und umarmt ihn.)

(何か言葉をみつけあぐねているかのように)
ああ，真心の女，気高い女，
真心のやさしい人！
(クルヴェナルを引き寄せ，かき抱く)

Mein Kurwenal,
du trauter Freund!
Du Treuer ohne Wanken,
wie soll dir Tristan danken?

私のクルヴェナル，
親愛なる友よ，
ゆるぎない真心の友に，
トリスタンはどうやって礼をしよう？

Mein Schild, mein Schirm
in Kampf und Streit,
zu Lust und Leid
mir stets bereit:

私の楯となり，笠となって，
お前は戦いの修羅場にいたし，
また，喜びにつけ，悲しみにつけ
いつも私のために備えていてくれた。

wen ich gehaßt,
den haßtest du;
wen ich geminnt,
den minntest du.

私が憎む敵を，
お前も憎み，
私が愛する人に
お前も好意を寄せてくれた。

Dem guten Marke,
dient' ich ihm hold,
wie warst du ihm treuer als Gold!

　あの善良なマルケ王に
　私は情愛こめて忠勤を励んだが，
　お前も黄金にまさる忠節を果たしたのだ！

Mußt' ich verraten
den edlen Herrn,
wie betrogst du ihn da so gern!

　あの心栄え高い主君を
　私が裏切らねばならなかったとき，
　進んでお前も彼をあざむいてくれた！

Dir nicht eigen,
einzig mein,
mit leidest du,

　お前自身ということは考えず，
　ただ私の身をおもんぱかり，
　いっしょに悩んでくれた。

wenn ich leide:＊
nur was ich leide,
das kannst du nicht leiden!

　だが，私が悩むとき，
　私だけの悩みを悩むとき，
　お前はそれを悩むことはできない！

Dies furchtbare Sehnen,
das mich sehrt;
dies schmachtende Brennen,
das mich zehrt;
wollt' ich dir's nennen,
könntest du's kennen:

　この恐ろしい憧れの気持ちが
　我が身を灼き尽くすとき，
　この焦燥の気持ちが
　我が身を焦がれ死にさせようとするとき，
　それを言葉で言い表すつもりだったら，
　お前にも分かりそうなものだが。

＊訳註）イゾルデの名を耳にしたあと，トリスタンの台詞は，ほとんど一行たりともおろそかにせず，脚韻を踏んでいることに注意。

nicht hier würdest du weilen,
zur Warte müßtest du eilen —

> ここでゆるゆるとしていてはなるまい,
> 物見の塔へ急ぐのだ。——

mit allen Sinnen
sehnend von hinnen

> 五感のすべてを凝らし,
> 憧れの気持ちをこめ,

nach dorten trachten und spähen,
wo ihre Segel sich blähen,
wo vor den Winden,
mich zu finden,

> 彼方を探り, 窺うのだ,
> イゾルデの帆が膨らむ辺りを,
> 追い風をはらんで,
> 私を見つけようと,

von der Liebe Drang befeuert,
Isolde zu mir steuert! —

> 愛の促しに励まされて
> イゾルデが私に向かって舵をとる辺りを——

Es naht! Es naht
mit mutiger Hast!
Sie weht, sie weht —
die Flagge am Mast.

> 近づいてくる！ 近づいてくるぞ,
> 思い切った速さで！
> はためいている, ひるがえっている,
> マストに旗じるしが。*

Das Schiff! Das Schiff!
Dort streicht es am Riff!
Siehst du es nicht?

> 船だ！ あの船だ！
> あそこの岩礁をかすめて来る！
> あれが見えないか？

(heftig)
Kurwenal, siehst du es nicht?

> (激しく)
> クルヴェナル, あれがお前には見えないか！

---

*訳註）この辺り, トリスタンはイゾルデの接近をいわば幻視しているのだが,「旗」については, この劇詩の原典となる物語で, 船に掲げられた旗の色でイゾルデが実際に乗っているかどうかが示される手はずになっていたことを踏まえている。

Als Kurwenal, um Tristan nicht zu verlassen, zögert, und dieser in schweigender Spannung auf ihn blickt, ertönt, wie zu Anfang, näher, dann ferner, die klagende Weise des Hirten.

クルヴェナルが，トリスタンを置き去りにしてはと躊躇し，トリスタンが無言の期待をこめて眼差しをクルヴェナルに当てたとき，幕開きのときと同じように，羊飼いの嘆くような調べが，初めは近く，やがて遠く聞こえる。

KURWENAL　*(niedergeschlagen)*
クルヴェナル　Noch ist kein Schiff zu seh'n!

（打ちひしがれて）
まだ，船は見えていない！

TRISTAN　*(hat mit abnehmender Aufregung gelauscht und beginnt nun mit wachsender Schwermut)*
トリスタン　Muß ich dich so versteh'n,
du alte ernste Weise,
mit deiner Klage Klang?
Durch Abendwehen
drang sie bang,

（収まる興奮に身を任せて聞き耳を立てていたが，次第に重苦しい気持ちに包まれ）
お前を，こう解せよ，と言うのだな，
懐かしくも厳かな調べよ，
お前の嘆きの節を？
そよぐ夕風にのって，
不安な調べが迫ってきた，

als einst dem Kind
des Vaters Tod verkündet:

それは，かつて，幼かった私に
父の死が告げられた折——

Durch Morgengrauen
bang und bänger,
als der Sohn
der Mutter Los vernahm.

また，暁の薄明をつたって，
しだいに不安の思いを搔きたてた——
息子が母の運命を
耳にした折には。

Da er mich zeugt' und starb,
sie sterbend mich gebar,

父が私をつくって死に，
母が死の床で私を産んだ，あのとき，

die alte Weise
sehnsuchtsbang
zu ihnen wohl
auch klagend drang,

 あの懐かしい調べは
 憧れと不安とを
 きっと父母のもとへ
 嘆きにのせて運んでくれたろう。

die einst mich frug,
und jetzt mich frägt:
zu welchem Los erkoren,
ich damals wohl geboren?
Zu welchem Los?

 あの調べがかつて私に訊ね，
 いまも訊ねることは，
 私があのとき，いかなる定めに選ばれ，
 生まれたか，ということ，
 いかなる定めに？

Die alte Weise
sagt mir's wieder:
mich sehnen — und sterben!

 懐かしい調べは
 またもささやく，
 憧れよ——そして死ね，と。

Nein! Ach nein!
So heißt sie nicht!
Sehnen! Sehnen!
Im Sterben mich zu sehnen,
vor Sehnsucht nicht zu sterben!

 いや，違う！
 そう告げているのではない！
 憧れること，憧れることだ！
 死に包まれつつ憧れることで，
 憧れのあまり死ぬことではない！

Die nie erstirbt,
sehnend nun ruft
um Sterbens Ruh
sie der fernen Ärztin zu. —

 決してとだえ消えることのないあの調べが
 いま憧れを込め，
 死の安らぎを求めて，
 遙かな癒し手イゾルデに呼びかけている。——

Sterbend lag ich
stumm im Kahn,
der Wunde Gift
dem Herzen nah:

 あのときの私は死に瀕して

 小舟に押し黙って身を横たえ，

 傷の毒が

 心臓に迫るのを耐えていた。

Sehnsucht klagend
klang die Weise;
den Segel blähte der Wind
hin zu Irlands Kind.

 憧れの嘆きを伝える，

 あの調べが響き，

 帆を膨らませる風が

 アイルランドの娘のもとへ舟を押しやった。

Die Wunde, die
sie heilend schloß,
riß mit dem Schwert
sie wieder los;

 癒し，とざしてくれた

 傷口を，

 剣でふたたび引き裂いたのも，

 あの娘だった。

das Schwert dann aber —
ließ sie sinken;
den Gifttrank gab sie
mir zu trinken:

 しかし，そこで娘は剣を——

 また下ろしてしまう。

 そして，毒の飲み物を

 私に飲ませた，

wie ich da hoffte
ganz zu genesen,
da ward der sehrendste
Zauber erlesen:

 私が望んだのが，

 まったく癒されることだったからだ。

 そのとき，選ばれたのが

 灼き尽くすような魔の薬——

daß ich nie sollte sterben,
mich ew'ger Qual vererben!

 私を殺すのではなく，
 私をとわの苦しみに委ねるために。

Der Trank! Der Trank!
Der furchtbare Trank!
Wie vom Herz zum Hirn
er wütend mir drang!

 あの薬だ！　あの飲み物だ！
 あの恐ろしい薬だ！
 荒々しい威力で
 私の胸から脳髄へ昇ってきた！

Kein Heil nun kann,
kein süßer Tod
je mich befrei'n
von der Sehnsucht Not;

 今や治癒の安らぎも，
 安らかな死も，
 私を解放してはくれない，
 やむにやまれぬ憧れの苦しみから。

nirgends, ach nirgends
find' ich Ruh:
mich wirft die Nacht
dem Tage zu,

 どこにも，ああ，どこにも，
 安息は見出されず，
 夜は私を
 昼のもとへ投げやって，

um ewig an meinen Leiden
der Sonne Auge zu weiden.

 とこしえに我が苦しみを
 太陽の眼にむさぼらせる。

O dieser Sonne
sengender Strahl,
wie brennt mir das Hirn
seine glühende Qual!

 ああ，この太陽の
 焦熱の光，
 その灼けるような苦痛が
 いかに私の脳髄を焦がすことか！

Für dieser Hitze
heißes Verschmachten,
ach, keines Schattens
kühlend Umnachten!

 その暑熱の
 焦げるような憔悴を防ぐ，
 いかなる影の
 闇に包まれることもかなわぬ！

Für dieser Schmerzen
schreckliche Pein,
welcher Balsam sollte
mir Lind'rung verleih'n?

 この恐ろしい痛みの
 責め苦を和らげる
 どのような香油が
 私に処方されると言うのだ！

Den furchtbaren Trank,
der der Qual mich vertraut,
ich selbst — ich selbst,
ich hab' ihn gebraut!

 あの無慈悲な飲み物，
 私を苦痛に委ねたくすり，
 私自身が ── 私が
 みずから，それを醸したのだ！

Aus Vaters Not
und Mutterweh,
aus Liebestränen
eh' und je —

 父の苦しみと
 母の痛みから，
 愛の涙のしずくの，
 折々に流されたものから，

aus Lachen und Weinen,
Wonnen und Wunden
hab' ich des Trankes
Gifte gefunden!

 笑いと涙と，
 歓喜と傷から，
 薬の毒を
 私は見つけたのだ！

Den ich gebraut,
der mir geflossen,
den wonneschlürfend
je ich genossen —

　私が醸し，

　私に注がれ，

　歓喜とともに

　あのとき，私が啜った ——

verflucht sei, furchtbarer Trank!
Verflucht, wer dich gebraut!
(Er sinkt ohnmächtig zurück.)

　無慈悲な薬よ，呪われてあれ！

　お前を醸した男よ，呪われてあれ！

　（気を失って崩れるように後ろに倒れる）

KURWENAL
クルヴェナル

(der vergebens Tristan zu mäßigen suchte, schreit entsetzt auf)
Mein Herre! Tristan!
Schrecklicher Zauber!
O Minnetrug!
O Liebeszwang!

　（トリスタンをなだめようと無駄な努力をしていたが，狼狽の叫びを上げる）

　ご主人，トリスタン様！

　恐るべき魔力だ！

　これぞ，愛の女神のたばかり！

　愛情の魔力だ！

Der Welt holdester Wahn,
wie ist's um dich getan!

　こよなく優美な迷妄のために，

　あなたの運命は窮まったのか！

Hier liegt er nun,
der wonnige Mann,
der wie keiner geliebt und geminnt.
Nun seht, was von ihm
sie Dankes gewann,
was je Minne sich gewinnt!

　ここに横たわっているのは

　陽気なひと，

　愛することにかけては誰にも引けを取らなかった。

　さあ，見るがいい。彼から

　感謝の代償として彼女が得たものを，

　愛の女神が勝ち得た報いを！

(mit schluchzender Stimme)
Bist du nun tot?
Lebst du noch?
Hat dich der Fluch entführt?

(すすり泣くように)
あなたは死んだのですか？
まだ，生きているのですか？
あの呪いがあなたを拉(らっ)し去ったのですか？

(Er lauscht seinem Atem.)
O Wonne! Nein!
Er regt sich, er lebt!
Wie sanft er die Lippen rührt!

(トリスタンの呼吸に耳を澄まし)
ああ，何と言う喜び！ 死んでなぞいない！
トリスタンが身動きしている，生きている！
そっと唇がうごめいている！

TRISTAN
トリスタン
(langsam wieder zu sich kommend)
Das Schiff? Siehst du's noch nicht?

(徐々に正気を取り戻し)
船は？ まだ見えぬか？

KURWENAL
クルヴェナル
Das Schiff? Gewiß,
es naht noch heut';
es kann nicht lang' mehr säumen.

船ですか？ むろん
今日のうちにもやって来ます。
これ以上，ぐずぐずしていられませんよ。

TRISTAN
トリスタン
Und drauf Isolde,
wie sie winkt,
wie sie hold
mir Sühne trinkt.

その船にはイゾルデが乗っている，
合図をよこし，
情愛深く仲直りの
盃を飲んでくれる。

Siehst du sie?
Siehst du sie noch nicht?

イゾルデが見えるか？
まだ彼女は見えないか？

Wie sie selig,
hehr und milde
wandelt durch
des Meers Gefilde?

　幸せに，
　気高く，柔和に
　イゾルデが渡ってくる，
　海原の上をくる，その様が見えないか？

Auf wonniger Blumen
lichten Wogen
kommt sie sanft
ans Land gezogen.

　花と咲く，
　白浪の上を
　そっと
　陸に向かっている。

Sie lächelt mir Trost
und süße Ruh,
sie führt mir letzte
Labung zu.

　その微笑は私に慰めと
　甘い安らぎを投げかけ，
　最後の力づけを
　与えてくれようとする。

Ach, Isolde, Isolde!
Wie schön bist du!

　ああ，イゾルデ，イゾルデ！
　お前は何と美しい！

Und Kurwenal, wie,
du säh'st sie nicht?
Hinauf zur Warte,
du blöder Wicht!

　クルヴェナル，まさか
　見えないとでも，言うのか？
　物見へ登れ，
　間抜けな奴！

Was so hell und licht ich sehe,
daß das dir nicht entgehe!

　これほど明らかに私に見えるものを
　まさか，お前が見逃してなるか！

Hörst du mich nicht?
Zur Warte schnell!
Eilig zur Warte!
Bist du zur Stell'?

私の声が聞こえないか？

物見へ速く！

急ぐのだ！

位置についたか？

Das Schiff? Das Schiff?
Isoldens Schiff?

船はどうした？ 船は？

イゾルデの船は？

Du mußt es sehen!
Mußt es sehen!
Das Schiff? Sähst du's noch nicht?

見えるに違いない！

見えなければならぬ！

あの船が，お前にはまだ見えぬか？

|KURWENAL|
|クルヴェナル|

(Während Kurwenal noch zögernd mit Tristan ringt, läßt der Hirt von außen die Schalmei ertönen. Kurwenal springt freudig auf.)
O Wonne! Freude!

(まだ躊躇してトリスタンともみ合っているうち，羊飼いは外側からシャルマイを吹き鳴らす。クルヴェナルは喜びに跳び上がる)

ああ，うれしい！ なんという喜び！

(Er stürzt auf die Warte und späht aus.)
Ha! Das Schiff!
Von Norden seh' ich's nahen.

(物見の塔へ駆け上がり，眼を凝らす)

ああ，あの船だ！

北から近づくのが見える。

|TRISTAN|
|トリスタン|

(In wachsender Begeisterung)
Wußt' ich's nicht?
Sagt' ich's nicht,
daß sie noch lebt,
noch Leben mir webt?

(心を高ぶらせ)

私には分かっていたぞ！

私の言ったとおりだ，

イゾルデはまだ生きていて，

私に命を織り込んでくれる！

	Die mir Isolde einzig enthält, wie wär's Isolde mir aus der Welt?
	イゾルデひとりを 私に残してくれた世界， その世界から，どうして イゾルデが失われるものか！
KURWENAL クルヴェナル	*(von der Warte zurückrufend, jauchzend)* Heiha! Heiha! Wie es mutig steuert! Wie stark der Segel sich bläht! Wie es jagt, wie es fliegt!
	（物見から返事する，歓呼して） やあ，やあ！ なんという大胆な舵さばきだ！ なんと強く帆が膨らんでいることか！ 矢のように，飛ぶように船は疾る！
TRISTAN トリスタン	Die Flagge? Die Flagge?
	旗はどうだ？ 旗は？
KURWENAL クルヴェナル	Der Freude Flagge am Wimpel lustig und hell!
	喜びの旗が＊ 長旗と並んで，楽しく，鮮やかに！
TRISTAN トリスタン	*(auf dem Lager hoch sich aufrichtend)* Hahei! Der Freude! Hell am Tage zu mir Isolde! Isolde zu mir! Siehst du sie selbst?
	（寝台の上で身を高く起こし） やあ，やあ！ この喜び！ 明るい真昼に イゾルデが近づく， 私のところへ，イゾルデが！ お前にも見えるか？

＊訳註）128ページの訳註を参照。喜びの旗はイゾルデが乗っていることを示している。

KURWENAL クルヴェナル	Jetzt schwand das Schiff hinter dem Fels.	

　　　　船はいま
　　　　岩の向こうに隠れました。

TRISTAN トリスタン	Hinter dem Riff? Bringt es Gefahr? Dort wütet die Brandung, scheitern die Schiffe! Das Steuer, wer führt's?	

　　　　岩礁の向こうか？
　　　　危険ではないか？
　　　　あそこは浪の荒れ狂うところだ，
　　　　難破も多い！
　　　　舵は，誰がとっている？

KURWENAL クルヴェナル	Der sicherste Seemann.	

　　　　腕の確かさでは一番の船乗り！

TRISTAN トリスタン	Verriet' er mich? Wär' er Melots Genoss'?	

　　　　裏切りはすまいな？
　　　　メーロトの一味では？

KURWENAL クルヴェナル	Trau' ihm wie mir!	

　　　　私に劣らず信頼してください！

TRISTAN トリスタン	Verräter auch du! Unsel'ger! Siehst du sie wieder?	

　　　　そう言うお前も裏切るのか？
　　　　忌々しい奴め！
　　　　また見えたか？

KURWENAL クルヴェナル	Noch nicht.	

　　　　まだです！

TRISTAN トリスタン	Verloren!	

　　　　では，おしまいだ！

KURWENAL クルヴェナル	*(jauchzend)* Heiha! Hei ha ha ha ha! Vorbei! Vorbei! Glücklich vorbei!	
	（歓呼して） やったぞ！ やった，やった！ 通り過ぎた！ 通ったぞ！ うまく通りぬけた！	
TRISTAN トリスタン	*(jauchzend)* Kurwenal, hei ha ha ha, treuester Freund! All mein Hab und Gut vererb' ich noch heute.	
	（歓呼して） クルヴェナル，やった，やったな！ 忠実な友よ！ 私の財産と領地はみんな， お前にすぐさま譲るぞ！	
KURWENAL クルヴェナル	Sie nahen im Flug. 飛ぶように近づいてくる！	
TRISTAN トリスタン	Siehst du sie endlich? Siehst du Isolde? とうとう見えたか？ イゾルデが見えるか？	
KURWENAL クルヴェナル	Sie ist's! Sie winkt! 彼女です。手を振っています！	
TRISTAN トリスタン	O seligstes Weib! ああ，有り難い女！	
KURWENAL クルヴェナル	Im Hafen der Kiel! Isolde, ha! Mit einem Sprung springt sie vom Bord ans Land.	
	港に入りました，船が！ イゾルデ様です！ ひとっ跳びで船から 陸に下りました。	

TRISTAN トリスタン	Herab von der Warte, müßiger Gaffer! Hinab! Hinab an den Strand! Hilf ihr! Hilf meiner Frau!

物見から降りて来い，
だらだらと見とれるな！
降りて行け，
浜へ急げ！
手を貸すのだ，私の妻に！

KURWENAL クルヴェナル	Sie trag' ich herauf: trau' meinen Armen! Doch du, Tristan, bleib' mir treulich am Bett. *(Kurwenal eilt fort.)*

連れてまいりますとも，この上まで，
この腕っぷしを信じてください！
それよりも，トリスタン様，
おとなしく寝台から動かぬように！
(急いで去る)

Zweite Szene　第2場

Tristan. Isolde. Kurwenal.　トリスタン，イゾルデ，クルヴェナル。

TRISTAN トリスタン	*(in höchster Aufregung auf dem Lager sich mühend)* O diese Sonne! Ha, dieser Tag! Ha, diese Wonne sonnigster Tag!

(高ぶる気持ちに，寝台の上で，いても立ってもいられぬ様子で)
おお，この太陽！
ああ，この真昼！
ああ，歓喜の太陽に
まばゆいばかりのこの日！

Jagendes Blut,
jauchzender Mut!
Lust ohne Maßen,
freudiges Rasen!

駆け巡る血，
歓呼する心，
とどまるところを知らぬ喜悦，
狂気に似た歓喜！

Auf des Lagers Bann
wie sie ertragen?
Wohlauf und daran,
wo die Herzen schlagen!

 この寝床に縛りつけられた身で
 それらをどうして我慢できよう？
 さあ，行こう，
 二つの心臓が脈うつところへ！

Tristan der Held,
in jubelnder Kraft,
hat sich vom Tod
emporgerafft!

 勇士トリスタンが
 歓呼する力をふるって，
 死神の手から
 浮かび上がったのだ！

(Er richtet sich hoch auf.)
Mit blutender Wunde
bekämpft' ich einst Morolden:
mit blutender Wunde
erjag' ich mir heut' Isolden!

 (寝台の上にすっくと立ち)
 傷から血したたらせて
 私はかつてモーロルトと勝負した。
 いま，傷から血を流しながら
 イゾルデを勝ち取るのだ！

(Er reißt sich den Verband der Wunde auf.)
Heia, mein Blut!
Lustig nun fließe!

 (傷の包帯を引き裂く)
 ようこそ，我が血よ！
 楽しく流れろ！

(Er springt vom Lager herab und schwankt vorwärts.)
Die mir die Wunde
ewig schließe, —

 (寝台から飛び降りて，よろめきつつ歩いて行く)
 我が傷を
 とこしえに閉ざしてくれる女が，——

sie naht wie ein Held,
sie naht mir zum Heil!
Vergeh' die Welt
meiner jauchzenden Eil'!
(Er taumelt nach der Mitte der Bühne.)

イゾルデがさながら勇士のように近づく，
私を癒すために近づいてくる！
世界など消え去ってしまえ！
歓呼して急ぐ，私の前から。
(舞台の中ほどへよろめき進む)

ISOLDE *(von außen)*
イゾルデ Tristan! Geliebter!

(外から)
トリスタン！ いとしい人！

TRISTAN *(in der furchtbarsten Aufregung)*
トリスタン Wie, hör' ich das Licht?
Die Leuchte, ha!
Die Leuchte verlischt!
Zu ihr! Zu ihr!

(恐ろしいほど興奮して)
なんと，この耳に聞こえたのは，光か？
ああ，あの松明だ！
松明が消える！
彼女のもとへ！ 彼女へ！

Isolde eilt atemlos herein. Tristan, seiner nicht mächtig, stürzt sich ihr schwankend entgegen. In der Mitte der Bühne begegnen sie sich; sie empfängt ihn in ihren Armen. Tristan sinkt langsam in ihren Armen zu Boden.

イゾルデが息を切らして駆け入ってくる。トリスタンは，身も心も支えきれず，よろめきながら彼女の方へ倒れかかる。舞台の中央で二人は出会い，イゾルデは両腕にトリスタンを抱きとめ，トリスタンはその腕のなかでゆっくりと地面に崩れる。

ISOLDE
イゾルデ Tristan! Ha!

トリスタン！ ああ！

TRISTAN *(sterbend zu ihr aufblickend)*
トリスタン Isolde!
(Er stirbt.)

(いまわの際にイゾルデを見上げ)
イゾルデ！
(息絶える)

ISOLDE
イゾルデ

Ha! Ich bin's, ich bin's,
süßester Freund!

ああ，私です，私ですよ！
やさしい友！

Auf, noch einmal
hör' meinen Ruf!

起きて！　もう一度
私の呼ぶ声を聞いて！

Isolde ruft:
Isolde kam,
mit Tristan treu zu sterben.

イゾルデが呼ぶのです，
イゾルデが来ました，真心を抱いて
トリスタンと一緒に死ぬために。

Bleibst du mir stumm?
Nur eine Stunde,
nur eine Stunde
bleibe mir wach!

口をきいてくれないの？
せめてひと時，
ひと時だけでも
私のために目覚めていて！

So bange Tage
wachte sie sehnend,
um eine Stunde
mit dir noch zu wachen:

不安ないくたの日々を
切ない気持ちに眠らず過ごしたのも，
ただひと時，あなたと
目覚めていたかったため。

betrügt Isolden,
betrügt sie Tristan
um dieses einzige,
ewig kurze
letzte Weltenglück?

イゾルデから
トリスタンは騙（かた）りとるのですか，
このただ一回の
無限に短い
この世の最後の幸せを？

Die Wunde? Wo?
Laß sie mich heilen!
Daß wonnig und hehr
die Nacht wir teilen;

 傷は，どこです？
 私に治させて！
 楽しく，気高く，
 この夜を二人が分かち合うため！

nicht an der Wunde,
an der Wunde stirb mir nicht:
uns beiden vereint
erlösche das Lebenslicht!

 傷のために，
 その傷で死んではいけません，
 二人いっしょに
 命の光は消しましょう！

Gebrochen der Blick!
Still das Herz!

 瞳の光が消えている！
 心臓がとまっている！

Nicht eines Atems
flücht'ges Weh'n! —

 息遣いの
 微かなそよぎも聞こえない！——

Muß sie nun jammernd
vor dir steh'n,
die sich wonnig dir zu vermählen
mutig kam übers Meer?

 悲嘆にくれて，あなたの前に
 立ち尽くしていろ，というのですか？
 あなたと楽しく結ばれようと
 勇気をふるって海原を越えてきた女に。

Zu spät!
Trotziger Mann!
Strafst du mich so
mit härtestem Bann?

 遅かった！
 強情なひと！
 こうして私を罰するのですか，
 この上なくつらい仕打ちで。

Ganz ohne Huld
meiner Leidensschuld?
Nicht meine Klagen
darf ich dir sagen?

私の苦しんだ咎に
いっさい同情はないのですか？
私の苦衷をあなたに
訴えてはいけないのですか？

Nur einmal, ach!
nur einmal noch! —
Tristan! — Ha! —
Horch! Er wacht!
Geliebter!
(Sie sinkt bewußtlos über der Leiche zusammen.)

せめて一度だけ，ああ！
いま一度だけ！──
トリスタン！──ああ！──
おや！ 彼は目覚めている！
愛しい人！
（イゾルデは気を失い，トリスタンの亡骸の上にくず折れる）

Dritte Szene　第3場

Die Vorigen. Der Hirt. Der Steuermann. Melot. Brangäne. Marke, Ritter und Knappen.

前場の人々，羊飼い，船の舵取り，メーロト，ブランゲーネ，マルケ，騎士と小姓たち。

Kurwenal war sogleich hinter Isolde zurückgekommen; sprachlos in furchtbarer Erschütterung hat er dem Auftritte beigewohnt und bewegungslos auf Tristan hingestarrt. Aus der Tiefe hört man jetzt dumpfes Gemurmel und Waffengeklirr. —— Der Hirt kommt über die Mauer gestiegen.

イゾルデのすぐ後を追って戻っていたクルヴェナルは，愁嘆の場に居合わせて言葉もなく恐ろしい衝撃に身をまかせ，身じろぎもせずトリスタンを見つめていた。そこへ下の方から，鈍いうめき声や，物の具の打ち合う音が聞こえる。──羊飼いが胸壁を乗り越えて入ってくる。

HIRT　*(hastig und leise sich zu Kurwenal wendend)*
羊飼い　Kurwenal! Hör'!
　　　　Ein zweites Schiff.
　　　　(Kurwenal fährt heftig auf und blickt über die Brüstung, während der Hirt aus der Ferne erschüttert auf Tristan und Isolde sieht.)

（慌しくクルヴェナルに向かい，小声で）
クルヴェナル！ おい！
船がまた一隻入ったぞ。
（クルヴェナルははっとなって，立ち上がり，胸壁越しに彼方をうかがう。羊飼いは息を呑んでトリスタンとイゾルデに遠くから眼を注いでいる）

KURWENAL クルヴェナル	*(in Wut ausbrechend)* Tod und Hölle! Alles zur Hand! Marke und Melot hab' ich erkannt.	

(怒りを爆発させて)

死神も地獄もかかって来い!
みなの者,戦闘準備だ!
マルケとメーロトの姿を
見つけたぞ!

Waffen und Steine!
Hilf mir! Ans Tor!
(Er eilt mit dem Hirten an das Tor, das sie in der Hast zu verrammeln suchen.)

武器と石を用意しろ!
おれに加勢しろ! 門にかかれ!
(羊飼いと城門に急ぎ,二人して急いで閉ざそうとする)

* DER STEUERMANN 舵取り	*(stürzt herein)* Marke mir nach mit Mann und Volk:	

(転がりこんで来て)

マルケが後を追ってくる,
手下や乗組みの者をつれて。

vergeb'ne Wehr!
Bewältigt sind wir.

防いでも無駄だ!
圧倒された!

KURWENAL クルヴェナル	Stell' dich und hilf! Solang' ich lebe, lugt mir keiner herein!	

おれに加勢して防ぐのだ!
おれに息のあるうちは
だれ一人,中を窺わせないぞ!

BRANGÄNES STIMME ブランゲーネの声	*(außen, von unten her)* Isolde! Herrin!	

(外の下の方から)

イゾルデ様! 姫君!

---

*訳註)「舵取り」は『さまよえるオランダ人』でもそうだったが,船長につぐ重要な船員である。125ページの「忠実な男」がこの「舵取り」で,イゾルデを乗せてきていたのである。

KURWENAL
クルヴェナル

Brangänes Ruf?
(hinabrufend)
Was suchst du hier?

ブランゲーネの声だな
(下へ向かって叫ぶ)
ここに，何用だ？

BRANGÄNE
ブランゲーネ

Schließ' nicht, Kurwenal!
Wo ist Isolde?

閉めないで，クルヴェナル！
イゾルデ様はどこ？

KURWENAL
クルヴェナル

Verrät'rin auch du?
Weh' dir, Verruchte!

お前も裏切り者なのか？
忌々しい女め！

MELOT
メーロト

(außerhalb)
Zurück, du Tor!
Stemm' dich nicht dort!

(城門の外で)
退がれ，愚かなクルヴェナル！
立ちふさがっても駄目だ！

KURWENAL
クルヴェナル

(wütend auflachend)
Heiahaha! Dem Tag,
an dem ich dich treffe!

(怒気を含んで高笑い)
はっはっはっはっ！
おれさまに討たれる，この日を恨むな！

(Melot, mit gewaffneten Männern, erscheint unter dem Tor. Kurwenal stürzt sich auf ihn und streckt ihn zu Boden.)
Stirb, schändlicher Wicht!

(武装した手下を従えて門の下に現れたメーロトに，クルヴェナルは討ってかかり，打ち倒す)
死ぬがいい，破廉恥漢め！

MELOT
メーロト

Weh' mir, Tristan!
(Er stirbt.)

やられた，トリスタン！
(死ぬ)

BRANGÄNE (noch außerhalb)
ブランゲーネ
Kurwenal! Wütender!
Hör', du betrügst dich!

(依然,外から)

クルヴェナル！　怒り狂っているのね！
ねえ，あなたは思い違いをしている！

KURWENAL Treulose Magd!
クルヴェナル
(zu den Seinen)
Drauf! Mir nach!
Werft sie zurück!
(sie kämpfen)

不実な女め！
(家来たちに)
かかれ！　おれに続いて！
奴らを撃退しろ！
(戦う)

MARKE (außerhalb)
マルケ
Halte, Rasender!
Bist du von Sinnen?

(外から)

やめろ！　狼藉者！
正気をなくしたのか！

KURWENAL Hier wütet der Tod!
クルヴェナル Nichts and'res, König,
ist hier zu holen:
willst du ihn kiesen, so komm'!
(Er dringt auf Marke und dessen Gefolge ein.)

ここには死神が荒れ狂っております！
王よ，それ以外には
何も手に入りませんよ。
死神を選ぶつもりなら，さあ，いらっしゃい！
(マルケと従者たちに斬りかかる)

MARKE (unter dem Tor mit Gefolge erscheinend)
マルケ
Zurück! Wahnsinniger!

(城門の下に，従者たちと姿を現し)

退がれ！　乱心者め！

BRANGÄNE (hat sich seitwärts über die Mauer geschwungen und eilt in den Vordergrund)
ブランゲーネ
Isolde! Herrin!
Glück und Heil!

(脇から胸壁を飛び越えて入ってきて，前景へ急ぐ)

イゾルデ様，ご主人様！
ご機嫌いかがです！

Was seh' ich? Ha!
Lebst du? Isolde!
(Sie müht sich um Isolde. — Marke mit seinem Gefolge hat Kurwenal mit dessen Helfern vom Tore zurückgetrieben und dringt herein.)

おや，何としたこと？ ああ！
生きておいでですか？ イゾルデ様！
(イゾルデを介抱する。——その間に，マルケと従者たちは，クルヴェナルと手下を城門から追い払い，城内に入ってくる)

MARKE
マルケ
O Trug und Wahn!
Tristan! Wo bist du?

おお，何という錯覚と思い違いだ！
トリスタン！ どこにいる？

KURWENAL
クルヴェナル
(schwer verwundet, schwankt vor Marke her nach dem Vordergrund)
Da liegt er —
hier — wo ich — liege.
(Er sinkt bei Tristans Füßen zusammen.)

(深傷を負って，よろめきつつ，前景のマルケの前へ出て)
そこに横たわっておられます！
ここです——私が——横になる場所に。
(トリスタンの足元にくず折れる)

MARKE
マルケ
Tristan! Tristan!
Isolde! Weh'!

トリスタン！ トリスタン！
イゾルデ！ ああ，嘆かわしい！

KURWENAL
クルヴェナル
(nach Tristans Hand fassend)
Tristan! Trauter!
Schilt mich nicht,
daß der Treue auch mitkommt!
(Er stirbt.)

(トリスタンの手をつかもうとし)
トリスタン，心おきない友よ！
叱らないでください，
忠実なわたしが今お供をしても！
(息絶える)

MARKE
マルケ
Tot denn alles!
Alles tot!

誰もが死ぬのか！
誰も死んだ！

Mein Held, mein Tristan!
Trautester Freund,
auch heute noch
mußt du den Freund verraten?

　　我が勇士，トリスタン！
　　こよなく心に懸けてきた友よ！
　　今日また，お前は
　　友を裏切らねばならないのか？

Heut', wo er kommt,
dir höchste Treu' zu bewähren?

　　今日という日，友がお前に
　　こよない真心を示そうと来たというのに？

Erwache! Erwache!
Erwache meinem Jammer!

　　目覚めよ！　目覚めよ！
　　目覚めて，私の嘆きを見るがよい。

(schluchzend über die Leiche sich herabbeugend)
Du treulos treu'ster Freund!

　　(すすり泣きながら，トリスタンの亡骸にかがみ込み)
　　こよない真心を抱きながら，不実だった友よ！

BRANGÄNE ブランゲーネ	*(die in ihren Armen Isolde wieder zu sich gebracht)* Sie wacht! Sie lebt! Isolde! Hör' mich, vernimm meine Sühne!

　　(腕の中のイゾルデに意識を取り戻させて)
　　目覚めたわ！　生きているわ！
　　イゾルデ様，聞いてください！
　　私の贖いの言葉に耳を貸して！

Des Trankes Geheimnis
entdeckt' ich dem König:

　　あの薬の秘密を
　　王様に打ち明けました。

mit sorgender Eil'
stach er in See,

　　憂慮の気持ちに急かされて，
　　王様は船を出させました。

dich zu erreichen,
dir zu entsagen,
dir zuzuführen den Freund.

 あなたに会って，
 あなたのことを思い切り，
 あなたを友のトリスタンにめあわせるためでした。

MARKE
マルケ
Warum, Isolde,
warum mir das?

 なぜだ，イゾルデ，
 なぜ，このようなことを，私に？

Da hell mir enthüllt,
was zuvor ich nicht fassen konnt',
wie selig, daß den Freund
ich frei von Schuld da fand!

 私にははっきりと事情が分かった，
 さきには呑みこめぬことだったが。
 なんと幸せだったことだろう，
 友の無実が分かって！

Dem holden Mann
dich zu vermählen,
mit vollen Segeln
flog ich dir nach.

 この情愛ふかい男に
 お前をめあわせようと，
 帆をいっぱいに張って，飛ぶように
 お前の後を追って来たのだ。

Doch Unglückes
Ungestüm,
wie erreicht es, wer Frieden bringt?

 しかし，不幸が荒れ狂う，
 そんな事態をどうして招いたのか，
 平和をもたらすはずの私が？

Die Ernte mehrt' ich dem Tod:
der Wahn häufte die Not.

 ただ死神の獲物を増やしたばかり，
 思い違いが苦しみの山を築いたのだ。

	BRANGÄNE ブランゲーネ	Hörst du uns nicht? Isolde! Traute! Vernimmst du die Treue nicht?

私たちの声が聞こえませんか？
イゾルデ様！ 懐かしいひと！
忠実だった侍女の声が届きますか？

Isolde, die nichts um sich her vernommen, heftet das Auge mit wachsender Begeisterung auf Tristans Leiche.	周りの何も耳に入らない様のイゾルデは眼差しをトリスタンの亡骸にひたと当て，感激を募らせる。

	ISOLDE イゾルデ	Mild und leise wie er lächelt, wie das Auge hold er öffnet, — seht ihr's, Freunde? Seht ihr's nicht?	*

 穏やかに，静かに
 彼が微笑む，
 その眼をやさしく
 開く──
 みなさん，ご覧になれますか？
 見えていますか？

Immer lichter
wie er leuchtet,
sternumstrahlet,
hoch sich hebt?
Seht ihr's nicht?

 しだいに輝きをまし，
 彼がきらめくさま，
 星たちの光りに囲まれ，
 昇ってゆくさまが？
 見えていますか？

Wie das Herz ihm
mutig schwillt,
voll und hehr
im Busen ihm quillt?

 彼の心臓が
 雄々しく高まり，
 ゆたかに気高く
 胸うちに漲るのが？

＊訳註）これ以下が，いわゆる《イゾルデの愛の死 Isoldes Liebestod》である。

Wie den Lippen,
wonnig mild,
süßer Atem
sanft entweht: —
Freunde! Seht!
Fühlt und seht ihr's nicht?

　その唇から

　喜ばしくも穏やかに

　甘い息吹が

　やわらかに洩れるさま ——

　みなさん，ご覧なさい！

　それが感じられ，見られませんか？

Hör' ich nur
diese Weise,
die so wunder-
voll und leise,

　私にしか，

　この調べは聞こえないのですか，

　奇蹟にあふれて，

　かすかに，

Wonne klagend,
alles sagend,
mild versöhnend
aus ihm tönend,

　歓喜を嘆き，

　すべてを口にして，

　穏やかに和解をもたらしながら，

　彼の口から響いて，

in mich dringet,
auf sich schwinget,
hold erhallend
um mich klinget?

　私の胸うちにしみいり，

　羽ばたき昇る，

　情愛ふかくこだましながら，

　私を包む調べが？

Heller schallend,
mich umwallend,

　響きの輝きを増しながら，

　私をめぐり包む，

sind es Wellen
sanfter Lüfte?
Sind es Wogen
wonniger Düfte?

　　それは，さざなみとなって寄せる
　　そよ風でしょうか？
　　大浪となって打ち寄せる
　　歓喜の香気でしょうか？

Wie sie schwellen,
mich umrauschen,
soll ich atmen,
soll ich lauschen?

　　そのさざなみが，大浪が高まっては
　　私を包んでざわめくさま，
　　私はそれを呼吸し，
　　それに耳を澄まし，

Soll ich schlürfen,
untertauchen?
Süß in Düften
mich verhauchen?

　　それをすすり，
　　そこへ身を沈めたらよいのでしょうか？
　　香気のなかへ甘く
　　息を吐き切ったらよいのでしょうか？

In dem wogenden Schwall,
in dem tönenden Schall,
in des Welt-Atems
wehendem All —

　　この高まる大浪のなか,
　　鳴りわたる響きのなか,
　　世界の呼吸の
　　吹き渡る宇宙のなかに ——

ertrinken,
versinken —
unbewußt —
höchste Lust!

　　溺れ,
　　沈み ——
　　我を忘れる ——
　　こよない悦び！

Isolde sinkt, wie verklärt, in Brangänes Armen sanft auf Tristans Leiche. Rührung und Entrücktheit unter den Umstehenden. Marke segnet die Leichen. Der Vorhang fällt langsam.

イゾルデは，地上を離れた者の清浄さをただよわせて，ブランゲーネに抱かれたまま，柔らかにトリスタンの亡骸の上に沈む。まわりに立つ者たちを感動とこの世ならぬ思いが包む。マルケが死者たちに祝福を与えるうち，ゆっくりと幕が下りる。

訳者あとがき

　ワーグナーの『トリスタンとイゾルデ』（1859年完成）はベートーヴェンの『第九交響曲』と並んで19世紀を代表する音楽作品といえる。この傑作の湛えている含蓄と真価については，すでに多くの書物で語られているので，ここではその点には触れない。このシリーズでは，オペラの台本を原文と対訳の形で組むことを原則としているが，これはむろん語学的理解に役立てようとする意図から出ている。この『トリスタン』を訳すについても，できるだけ直訳体で通し，原文と訳文の文章論的一致を試みた。ドイツ語と日本語のシンタックスなどの相違から，逐行訳は不可能なことが多かったが，数行単位で，原文と訳文の対応を示すことができ，かつ，原文の詩形論的構造を目に見える形にするのにも役立ったと思う。ただしそのため，日本語として練れていない表現が生じた点はお許しを願いたい。

　周知のとおり，ワーグナーはオペラでは台本もみずから執筆した。それだけのためではないが，これを通常のリブレットと同列にして，単なるオペラのリブレットと呼ぶことにためらいを覚えるのは筆者だけではあるまい。演劇の台本との共通性はあるが，彼の場合，総合芸術作品の一部として，音楽などと協働して全体を形成するのだから，独立した戯曲として扱うこともできない。彼自身はDichtungと呼んでいるが，これは「劇詩」と訳すのが適当だろう。だから純粋な文学形式である抒情詩との共通性も当然あるわけで，例えば，西洋の韻文形式で最も一般的に使われる脚韻，つまり行末に同一の綴りを置くことで，行と行とを音韻的に結合し，詩的な雰囲気と構造を作りだす手段である脚韻を用いているが，全体をそれで通しているのではない。ワーグナーは在来のオペラのレチタティーヴォとアリアの区別を廃止したとされるが，登場人物の感情が高揚してくるアリア的なシチュエーションで，その高まりを脚韻による構成に見事に反映させている個所は少なくない。またトリスタンの台詞に次のイゾルデの台詞が押韻することで，両者の感情の強烈な響き合いを表現するような工夫もある。

　ただ，この『トリスタン』を書いたワーグナーはすでに，大作『ニーベルングの指環』の劇詩を書き上げていたわけで，そのなかで彼は，中世のラテン語詩から始まる脚韻ではなく，ドイツの伝統に立ち戻って，古ドイツ語の詩で用いられた，一行中の強音の置かれた音節に同じ響きを繰り返して詩的感興を高める，頭韻を初めてオペラのテクストに用いたが，その影響がこの『トリスタン』にも現れており，明らかに頭韻を意図していると見られる個所があるので，例えば33ページの訳註などで指摘しておいた。

　『トリスタン』の劇詩の，詩としての形式面はおおよそ以上のとおりだが，用語や修辞の面でも，通常のオペラ台本とは違う特徴が見られる。用語については，ワーグナーは独自の劇詩のスタイルを作り出すために，例えば中世文学を渉猟し

て，古語や，古語を思わせるような造語・言い回しを使用することが多く，このアルカイスムが，一部の批評家や一般の読者から攻撃や嘲笑の標的にされた。しかし，このような考慮が組み込まれた語彙には，不思議な生命力がこもっており，独特の魅力を発散する。のちに精神分析が開発する，人間の無意識の領域を意味する「夜の国」なども，第2幕の結びでトリスタンの口から語られると，我々の眼前にその姿がまざまざと浮かんでくるが，むろんこれには音楽の力添えも大いに与っている。また，修辞の点でも，例えば第2幕で恋人同士が「昼」と「夜」をめぐって戦わす議論も，粘り強い論理の構成によって，単なる恋のたわごとに堕してはいない。もっとも，愛の最高潮の場面でのこのような議論のやり取りには辟易する，という人もいるだろうが，それは一言で言えば，ワーグナーに縁のない衆生である。また，文法的にはワーグナーの原文は，動詞の定形と過去分詞が同一形になる場合など，なかなかトリッキーで，解釈に苦労した点は枚挙にいとまがない。翻訳はとにかく一種「思い込み」を必要とするので，誤訳の可能性は実は随所にあると言わねばならない。

筆者が『トリスタンとイゾルデ』を翻訳するのは3回目である。最初は15年前に新書館の「ペーパー・オペラ」シリーズ中の一冊で，これは「読むオペラ」を目標にし，台詞は直訳に近い形で訳し，ト書と呼ばれる舞台指示はパラフレーズして地の文に組みこんだ。今回の訳は，これを読み直したうえで，新しく書き直したものである。原文と訳が常に対照して示されるので，やはり直訳に近い形を採用するためにも，新書館の版に近いものになったのである。2回目は，日本ワーグナー協会の記念事業の一環として，ワーグナーの楽劇のうち，『ニーベルングの指環』四部作と『トリスタン』について，対訳に，音楽的要素と演劇的要素の詳しい注釈と解説を加えた形で刊行するべく，三光長治，三宅幸夫，山崎太郎らの諸氏と共同で執筆したものだった。ワーグナーの劇詩は音楽と協働して初めて作品を形成するのだから，『トリスタン』をさらに深く理解するためには，この白水社版を是非ひもといていただけると幸いである。台本の理解はオペラ全体の理解に不可欠であるが，むろん台本だけで全体が分かるわけではない。なお，今回の版では上演（録音）時に行なわれる（慣習的）カットについては明示していないし，また劇詩の原文で作曲の際に省かれた部分も掲載していない。

この仕事は比較的短期間に終えることができたが，一般読者の目と心で訳文を読んでいただくなど，音楽之友社の藤本貴和さんにはいろいろとお世話になった。篤く感謝したい。

2000年の水無月に　　　　　　　　　　　　　　　　　　　　　　　高辻知義

第10刷を出すことになったので，改めて全体を通読し，若干の訂正を施しました。
ワーグナー生誕200周年の2013年の水無月に　　　　　　　　　　　高辻知義

訳者紹介

高辻知義（たかつじ・ともよし）

1937年東京生まれ。東京大学大学院人文科学研究科修了。東京大学大学院総合文化研究科表象文化論専攻主任を経て、現在、東京大学名誉教授。著書に『ワーグナー』、『ヨーロッパ・ロマン主義を読み直す』（共著）（以上、岩波書店）、訳書に、バドゥーラ＝スコダ『ベートーヴェン ピアノ・ソナタ』、テーリヒェン『あるベルリン・フィル楽員の警告』（共訳）、テーリヒェン『フルトヴェングラーかカラヤンか』、オペラ対訳ライブラリー『トリスタンとイゾルデ』『ニュルンベルクのマイスタージンガー』『ニーベルングの指環（上）（下）』『タンホイザー』『ローエングリン』『パルジファル』（以上、音楽之友社）など。

オペラ対訳ライブラリー
ワーグナー トリスタンとイゾルデ

2000年9月30日　第1刷発行	
2024年4月30日　第14刷発行	

訳　者　高辻知義
発行者　時枝　正

東京都新宿区神楽坂6-30
発行所　株式会社 音楽之友社
電話 03（3235）2111（代）
振替 00170-4-196250
郵便番号 162-8716

印刷　星野精版印刷
製本　誠幸堂

Printed in Japan　　　　　装丁　柳川貴代
乱丁・落丁本はお取替えいたします。

ISBN 978-4-276-35551-4 C1073

この著作物の全部または一部を権利者に無断で複製（コピー）することは、著作権の侵害にあたり、著作権法により罰せられます。

Japanese translation ©2000 by Tomoyoshi TAKATSUJI

オペラ対訳ライブラリー(既刊)

作曲家	作品	ISBN
ワーグナー	《トリスタンとイゾルデ》 高辻知義=訳	35551-4
ビゼー	《カルメン》 安藤元雄=訳	35552-1
モーツァルト	《魔笛》 荒井秀直=訳	35553-8
R.シュトラウス	《ばらの騎士》 田辺秀樹=訳	35554-5
プッチーニ	《トゥーランドット》 小瀬村幸子=訳	35555-2
ヴェルディ	《リゴレット》 小瀬村幸子=訳	35556-9
ワーグナー	《ニュルンベルクのマイスタージンガー》 高辻知義=訳	35557-6
ベートーヴェン	《フィデリオ》 荒井秀直=訳	35559-0
ヴェルディ	《イル・トロヴァトーレ》 小瀬村幸子=訳	35560-6
ワーグナー	《ニーベルングの指環》(上) 《ラインの黄金》・《ヴァルキューレ》 高辻知義=訳	35561-3
ワーグナー	《ニーベルングの指環》(下) 《ジークフリート》・《神々の黄昏》 高辻知義=訳	35563-7
プッチーニ	《蝶々夫人》 戸口幸策=訳	35564-4
モーツァルト	《ドン・ジョヴァンニ》 小瀬村幸子=訳	35565-1
ワーグナー	《タンホイザー》 高辻知義=訳	35566-8
プッチーニ	《トスカ》 坂本鉄男=訳	35567-5
ヴェルディ	《椿姫》 坂本鉄男=訳	35568-2
ロッシーニ	《セビリャの理髪師》 坂本鉄男=訳	35569-9
プッチーニ	《ラ・ボエーム》 小瀬村幸子=訳	35570-5
ヴェルディ	《アイーダ》 小瀬村幸子=訳	35571-2
ドニゼッティ	《ランメルモールのルチーア》 坂本鉄男=訳	35572-9
ドニゼッティ	《愛の妙薬》 坂本鉄男=訳	35573-6
マスカーニ レオンカヴァッロ	《カヴァレリア・ルスティカーナ》 《道化師》 小瀬村幸子=訳	35574-3
ワーグナー	《ローエングリン》 高辻知義=訳	35575-0
ヴェルディ	《オテッロ》 小瀬村幸子=訳	35576-7
ワーグナー	《パルジファル》 高辻知義=訳	35577-4
ヴェルディ	《ファルスタッフ》 小瀬村幸子=訳	35578-1
ヨハン・シュトラウスⅡ	《こうもり》 田辺秀樹=訳	35579-8
ワーグナー	《さまよえるオランダ人》 高辻知義=訳	35580-4
モーツァルト	《フィガロの結婚》 改訂新版 小瀬村幸子=訳	35581-1
モーツァルト	《コシ・ファン・トゥッテ》 改訂新版 小瀬村幸子=訳	35582-8

※各品番はISBNの978-4-276-を略して表示しています